# Le pari du loup

*Vegas Shifters*

Anna Lowe

# Contents

# Chapitre 1

Trey grommela et crispa les doigts, se demandant où il se trouvait. Il ouvrit un œil et le referma immédiatement.

Bordel, qu'il avait mal à la tête… pourtant le reste de son corps lui semblait étrangement satisfait. Au chaud, comme s'il avait du nectar dans les veines et qu'il sortait d'un bain brûlant, pas d'un banc de brouillard sans souvenirs de la veille au soir.

Il devait vraiment forcer ses yeux à s'ouvrir et regarder où il était, pourtant quelque chose lui disait que la réalité ne serait pas si plaisante. Il valait mieux retourner dans son rêve… celui avec la rouquine caressant son corps et gémissant son nom. C'était sans aucun doute mieux que le monde réel qu'il devrait finir par affronter. Parce que, merde. Il ne savait même pas dans quelle ville il se trouvait.

*Las Vegas*, ronronna son loup intérieur. *Il fait nuit. Ce n'est pas la pleine lune, alors ferme-la et rendors-toi.*

Las Vegas. Cette partie, il s'en souvenait. Mais le reste était flou. Le bourdonnement de la foule, la sonnerie électronique des machines à sous, le claquement des cartes qu'on mélange. Le bruit sourd des jetons de casino… tout un tas, empilés haut sous sa main gauche. Et derrière ça, une paire d'yeux du vert des lagons, comme il n'en avait jamais vu. Comme du verre de mer, scintillant sous la lumière du matin.

Son loup poussa un soupir rêveur, et son pouls s'accéléra un tout petit peu.

Seigneur, combien de verres avait-il bus ? Qu'avait-il foutu la veille ?

Il glissa une main sous les draps, des draps blancs et propres d'un hôtel, et y trouva quelque chose de chaud. De chaud et doux en surface, mais joliment étroit dessous. Quelque chose qui le suppliait de le caresser... de l'admirer... voire peut-être de l'embrasser.

Il se pelota un peu plus près et garda les yeux bien fermés, parce que son cerveau n'était clairement pas prêt à assumer ces images. Sa tête palpitait, ses souvenirs étaient un vrai puzzle à résoudre.

Des yeux verts. Des cheveux auburn. Une bouche qui était un véritable appel au péché. Il se rappelait tout ça, pourtant les traits refusaient de s'assembler et finissaient en une sorte de cubisme à la Picasso.

Sa main glissa sur une courbe et tomba sur quelque chose d'encore plus doux. Il fut récompensé par un petit ronronnement ravi.

Une femme.

Ah.

Une migraine *et* une femme. À Las Vegas. Pourquoi n'était-il pas surpris ?

Alors que la partie humaine de son cerveau cherchait une explication, son loup intérieur bâilla et le força à se blottir toujours plus. *À moi. Toute à moi.*

Son côté humain grogna, cependant son loup lâcha un grondement de satisfaction qui traversa tout son corps avant de remonter.

Les câbles dans sa tête se touchèrent et au lieu de s'éloigner, il se rapprocha encore. C'était douillet et agréable, et il pouvait inhaler son parfum de lavande. Il enroula son bras autour d'elle, calant son coude dans le creux parfait de sa taille. Quand elle roula vers lui, murmurant dans son sommeil, il glissa la main le long de sa peau. Un territoire familier, étrangement, parce que ses lèvres trouvèrent leur chemin jusqu'à sa joue pour un baiser.

— Mmh, marmonna-t-elle, caressant son bras.

Il fouilla dans son esprit à la recherche de son nom, mais n'y trouva que du vide. Merde. Cindy ? Laura ? Tara ?

Son corps semblait clairement connaître le sien cependant, parce que leurs jambes étaient aussi nouées que les mailles d'un filet. Il reconnaissait le parfum pêche et crème de sa peau et le damier marqué de ses abdominaux. La courbe de ses hanches et ces longues jambes musclées. Des jambes qui le serraient quelques heures plus tôt, l'attirant à elle.

Son loup lâcha un grondement puissant, cependant il se força à garder le contrôle... plus efficacement qu'au début de la soirée, sans aucun doute. Il resta étendu là, tranquillement, ignorant totalement pourquoi son âme brûlait pour elle et pas juste son corps... Il ignorait pourquoi ce moment lui donnait l'impression d'être un évènement majeur dans sa vie, et pas une simple partie de jambes en l'air.

Merde. Peut-être qu'il n'avait pas fait que boire, qu'il avait fumé des trucs bizarres aussi, parce que son âme pleurait et chantait à la fois. Les sanglots joyeux et paumés d'un homme qui avait trouvé quelque chose qu'il pensait avoir perdu pour toujours.

Ce qui était étrange, parce qu'il n'avait rien perdu. Il n'avait rien cherché non plus... rien de plus qu'un road trip de six semaines et un peu de fun avant de se poser sur la côte est, pour son nouveau boulot.

Bordel, ce chauffeur routier qui l'avait pris en auto-stop jusqu'à Las Vegas avait eu raison. « Faut faire gaffe à Vegas, fiston... »

Ses yeux décidèrent enfin de rejoindre la fête et la vision de cette femme lui coupa le souffle. Des cheveux auburn brillant étalés sur l'oreiller, si étincelants qu'elle semblait luire. Une rangée de dents blanches parfaites alors qu'elle souriait à cause d'un très beau rêve, apparemment. Des pommettes saillantes, comme Audrey Hepburn, projetaient des ombres sur son visage, formant leur propre paysage. Elle dormait à présent, cependant il se rappelait ses lèvres qui s'ouvraient et se fermaient quand elle criait son nom.

Quand elle ouvrit les yeux, il eut de nouveau le souffle coupé. C'était comme si elle avait chassé tous les nuages pour laisser le soleil briller, renvoyant autour d'elle un halo de bonheur et de lumière.

Donc, oui, il avait dû fumer un truc bizarre. Mais peu importait pour l'instant, parce que rien ne l'avait jamais fait se sentir aussi bien. Le seul de ses sens qui n'était pas totalement en feu était son odorat, qui paraissait toujours endormi.

— Trey..., murmura-t-elle en le rapprochant de lui.

C'était comme un de ces mythes grecs complètement dingues qu'il avait lus en primaire, où une déesse descendait sur Terre pour coucher avec un berger malchanceux qui avait attiré son attention, déclenchant alors une série d'évènements imprévus... comme énerver son époux divin et immortel qui pouvait convoquer des tempêtes, faire déborder les fleuves et détraquer les saisons de manière permanente. Tout ça pour oblitérer le pauvre bougre enfoncé dans le paradis jusqu'à la garde. Un dieu qui changerait le monde pour toujours, juste pour se venger.

Trey essaya de chasser cette sensation, mais une partie demeurait. Celle au sujet du monde qui changeait pour toujours. Le sien, du moins.

Il garda son corps pressé contre le sien, espérant vraiment qu'il n'y avait pas de dieu énervé qui attendait non loin avec quelques éclairs.

Elle marmonna, nouant ses doigts aux siens.

— Trey...

— Kaya..., murmura-t-il.

Il se laissa afficher un sourire ridiculement fier. Il connaissait son nom, ce qui signifiait qu'il n'était pas un connard fini. Juste un type perdu se demandant comment il avait trouvé le paradis dans une ville qui semblait plutôt aux portes de l'enfer.

Son loup gronda alors qu'il embrassait le creux de son cou, où son pouls palpitait sous sa peau.

*Compagne!* cria sa bête. *C'est notre compagne!*

Cela aurait dû lui paraître fou, mais non. Avec une morsure d'union, il pourrait la faire sienne... Il pourrait sceller un avenir merveilleux, ici et maintenant. Il pourrait garder sa déesse pour toujours et...

Toutes les sonnettes d'alarme de son corps retentirent. Il s'efforça de remettre son loup intérieur dans sa cage et pesa de tout son poids sur la porte. Mentalement, du moins. À quoi pensait-il, à lui mordiller la peau?

*Fais d'elle notre compagne,* insista son loup.

Il secoua la tête. Il était peut-être assez con pour se bourrer à Las Vegas, assez courageux pour emmener une fille qu'il ne connaissait pas dans une chambre d'hôtel, assez dingue pour imaginer qu'ils seraient heureux ensemble... mais il n'était pas complètement timbré. Il ne désirait pas de compagne et n'en avait pas besoin. Bordel, il ne croyait même pas aux compagnons prédestinés.

*Pas même quand elle est pelotonnée contre toi, ronronnant presque ton nom ?* grommela son loup.

Il l'ignora et compta les battements du cœur à côté de lui, tambourinant en rythme avec le sien.

Quand elle ouvrit les yeux, il retint son souffle. Sa poitrine se gonfla dans un soupir satisfait, et lorsqu'elle se tourna pour le regarder, elle passa le doigt sur son sourcil droit dans un émerveillement muet. Elle referma soudain les paupières, et la peur le saisit. Était-ce du regret ? Du rejet ? Les prémisses d'un adieu ?

Il la tint un peu plus fermement, juste au cas où.

Mais elle ne s'écarta pas et ne le repoussa pas non plus. Elle se lova contre lui dans cette position parfaite, exactement de la même façon que cette folle nuit avait commencé.

Sauf qu'elle n'avait pas commencé là. Trey se ratissa le cerveau, essayant de se rappeler quelque chose. N'importe quoi.

Mais il n'arrivait à se concentrer sur rien à cause de la sensation qu'elle provoquait chez lui en étant dans ses bras, comme une drogue. Il se rendormit, malgré le millier de questions qui se bousculaient dans son esprit embrumé.

# Chapitre 2

Trey rêva de roulette et de machines à sous crachant des pièces. D'as qui volaient, de cœurs qui saignaient et du roi de pique…

Il se réveilla en sursaut, cherchant Kaya dans le noir.

Il tendit le bras un peu plus, mais elle n'était pas là.

Les draps étaient encore chauds cependant, donc elle ne pouvait pas être bien loin. Mais où ?

Les rideaux battaient sous la faible brise du désert, et il se tourna vers le balcon. Il poussa un profond soupir en trouvant Kaya appuyée contre la rambarde, contemplant les étoiles. Du moins, celles qui étaient visibles avec les lumières d'une ville qui ne reconnaissait pas la limite entre le jour et la nuit.

Elle était une statue d'ivoire dans l'obscurité, finement ciselée par un maître artiste qui aimait ses modèles musclés, grands et forts. Et féminine malgré tout, grâce aux légères courbes et à sa façon d'incliner les hanches.

Des hanches qu'il avait récemment pressées contre les siennes dans une danse à l'horizontale des plus parfaites.

Déchiré entre l'envie d'admirer cette déesse ou celle de rappeler la mystérieuse femme à ses côtés, il se contenta de l'observer. Qui était-elle ? Que faisait-elle à Las Vegas ? Que ferait-elle ensuite ?

Son esprit divagua, perdu dans des milliers de fantasmes. Peut-être qu'elle était aussi en plein road trip. Roulant vers l'ouest, comme lui, pour son tout premier voyage jusqu'au Pacifique. Peut-être qu'ils pouvaient faire le chemin ensemble. Peut-être qu'il pourrait en apprendre plus sur elle que les lignes élégantes de son corps et le frisson vif de son souffle quand il bougeait en elle. Bien plus même que la façon dont elle mordillait sa lèvre inférieure ou dont ses yeux qui faisaient chanter son être. Peut-être...

Quelque chose gratta la porte et il se redressa d'un bond, tendant l'oreille.

— Tais-toi et crochète cette serrure, murmura quelqu'un dehors.

— Recule, répondit une voix grave.

Le genre de voix qui aurait pu appartenir à un grand et méchant videur.

— Dans deux minutes, cette montagne de billets sera à nous.

Les oreilles de Trey tressaillirent. De billets ? Quels billets ?

— Ouais, dit l'autre voix. Et la prime aussi.

Il se tourna vers la femme qui s'était raidie, tendue comme une arbalète.

Un souvenir jaillit de nulle part et lui claqua l'arrière du crâne. Des cartes... Un poker... Des jetons... Beaucoup, beaucoup de jetons, en piles irrégulières. Deux mains se tendant pour les ramener contre lui. *Ses* mains, parce qu'il y avait la petite cicatrice sur les doigts de la droite.

Apparemment, il avait été chanceux de bien des façons la veille. Au jeu comme au lit.

Son ventre se noua alors qu'il revenait à la réalité et examinait Kaya. Et si l'argent était la seule chose qui l'avait attirée à lui ?

*Ne sois pas ridicule,* souffla son loup. *Ce n'est pas son genre.*

Il se renfrogna. Comme si la bête pouvait jauger sa moralité simplement après une seule partie de jambes en l'air.

*Plus d'une, et c'était divin,* le corrigea son animal. *Crois-moi, notre compagne n'est pas comme ça.*

C'est ça. Et elle se retrouvait au lit avec un inconnu. Quel genre de fille cela faisait d'elle ?

Quelque chose lui démangea la nuque. Quel genre de type cela faisait-il de lui ?

Ils se levèrent, se dévisageant l'un l'autre, leurs yeux brillant dans l'obscurité.

La poignée de la porte s'agita encore, et l'homme à l'extérieur jura.

Kaya tourna les talons et Trey l'observa à nouveau. Que cherchait-elle, à se pencher sur la rambarde du balcon comme ça ?

*Un moyen de s'échapper, gros con,* lança une voix lointaine dans son esprit.

Il bondit du lit et s'étira de tout son long. D'une hauteur considérable, Dieu merci, parce que ce qui était sur le point de passer la porte avait l'air bien costaud aussi.

Il dilata les narines, captant une odeur musquée et caverneuse. Merde. Les deux voyous dehors étaient des métamorphes ours.

Quelque chose érafla le balcon et il regarda en arrière. C'était comme un putain de match de tennis, avec la porte sur sa droite et le balcon sur sa gauche. De son côté, Kaya récupéra un sac en toile qui lui paraissait terriblement familier et tira une chaise vers la rambarde.

Avant de monter dessus.

Chaque terminaison nerveuse de son corps hurla.

*Putain de merde !*

Il courut vers elle.

— Ne saute pas !

Il ne savait pas du tout à quel étage ils étaient, mais même un hôtel désuet et délabré comme celui-là devait être suffisamment haut pour vous briser la nuque.

Kaya, en revanche, ne fit que se pencher encore plus vers le vide.

— Arrête !

Il batailla avec les rideaux et trébucha sur l'encadrement de la porte coulissante. Kaya chancela sur la rampe, scrutant le sol.

— Non !

Il eut du mal à se relever, tendant le bras.

Elle avait peut-être dit quelque chose, cependant il ne pouvait rien entendre avec le tambourinement de son pouls contre ses tympans.

Tout ce qui suivit se passa au ralenti. Kaya courba les orteils sur la rambarde, juste devant ses yeux. Elle ouvrit grand les bras, le sac pendouillant sur l'un d'eux. Ses cheveux flottaient au vent comme si elle était au bord d'un lac et pas à plusieurs étages au-dessus du sol. *Cinq au minimum*, pensa-t-il en jetant un œil dans l'espace entre les barreaux. Il n'y avait pas non plus de piscine pour amortir la chute de son amante… juste un parking sale.

Les tendons de ses jambes hurlèrent alors qu'il bondit vers l'avant. Ses pieds étaient nus sur le sol froid du carrelage. Il s'étira désespérément, dépassant les doigts de Kaya pour la saisir par le poignet.

Un parfum de désert à perte de vue parvint à ses narines, se moquant de ses efforts pour lutter contre la mort.

Kaya plia les genoux puis se redressa, ses pieds quittant la rambarde. Elle décolla dans les airs.

Ses doigts lui échappèrent. Pendant une magnifique seconde pleine d'espoir, la main de Trey était chaude. La suivante, elle était vide, et son cœur s'écrasa contre ses côtes.

Le bras toujours tendu, il percuta le métal froid de la rambarde en fer forgé et son estomac se souleva.

— Non ! cria-t-il du fin fond de son âme, comme si elle n'était pas une totale inconnue, mais sa plus vieille amie.

Son propre hurlement fit écho à ses oreilles alors qu'il l'observait chuter vers une mort certaine.

Elle ne tombait pas comme dans les films, cependant. Elle n'était pas toute raide, comme si elle était déjà morte. Elle ne griffait pas non plus les airs, cherchant quelque chose à quoi se raccrocher in extremis. Elle ne poussait pas de cri et ne s'agitait pas dans tous les sens.

Non. Elle plongeait. Le plus beau saut de l'âge qu'il avait jamais vu. Les bras écartés, les jambes droites, le corps courbé. Si parfaite qu'il faillit vérifier une deuxième fois s'il n'y avait vraiment pas de piscine en bas.

Soudain, ses bras s'écartèrent encore plus, et il cligna des yeux, parce que cela ressemblait plus à une chute libre d'un parachutiste professionnel qu'à un saut vers la mort. Elle semblait même glisser en fait, avec des épaules si larges qu'elles auraient pu devenir des ailes. Des pieds si étroits qu'ils auraient pu être une queue.

Il empoigna fermement la rambarde et l'observa. Des ombres mouchetaient son corps jusqu'à ce qu'il pense voir des choses. Ses bras paraissaient trop larges pour être naturels. Ses doigts si longs qu'il pouvait les distinguer.

Kaya?

Il cligna des yeux alors que son amante destinée à mourir remonta dans le ciel dans un arc long et gracieux. Sa peau devint dure et tannée, et ses bras s'allongèrent. Sa queue claqua comme un fouet, ses ailes battirent les airs, et elle fila comme une flèche.

Trey resta bouche bée alors qu'il assimilait enfin la vérité. Sa mystérieuse amante était une dragonne métamorphe. Une belle petite dragonne avec des écailles teintées d'un noir rougeâtre.

Il leva la main à son nez et renifla, examinant son odeur. Le côté métamorphe était léger sous les épaisses couches des effluves du sexe et du désir. La drogue qu'il avait dû prendre avait probablement grisé son nez s'il ne l'avait pas repéré jusqu'à présent.

Et maintenant, c'était trop tard.

Elle vira au nord, son long corps suivant un battement d'ailes qui lui venait naturellement. Sa queue dessina un arc et elle ondula, volant hors de vue derrière un gratte-ciel. Elle apparut de l'autre côté, puis monta vers l'orbe presque plein de la lune, le sac toujours accroché à ses griffes.

Trey empoigna la rambarde fort, si fort qu'il aurait pu très bien basculer dans le vide. Il plissa les yeux, cependant le ciel nocturne avait déjà dissimulé Kaya. Une seconde plus tard, il se laissa tomber sur les fesses.

Amante... Dragonne...

Dragonne avec un sac...

Une seconde. Son sac? Celui où il avait rangé son argent?

Il grommela et se prit la tête entre les mains. Pendant deux secondes, jusqu'à ce que la porte de la chambre s'ouvre brutalement et que deux silhouettes fassent irruption. Humaines, sauf pour leurs crocs.

Celui de gauche était accroupi dans une posture d'attaque prudente. Son camarade souriait et s'avançait avec une démarche suffisante.

— Loup, gronda-t-il en cognant son poing dans sa propre main pour s'échauffer. Tu vas regretter d'avoir mis les pieds à Las Vegas.

Trey ricana presque.

Il le regrettait déjà.

*Chapitre 3*

Kaya prit un virage serré, essayant de se vider la tête. Elle inclina une aile et tourna comme un tonneau, avant de remonter droit vers la lune. Peu importe ses tentatives, son corps la picotait de partout... et ce n'était pas dû à la transformation.

Bordel ! C'était sa faute à lui. Ce qui n'était vraiment, vraiment pas ce qu'elle avait prévu pour ce soir.

Mais, merde. Rien ne s'était passé comme il fallait. Elle avait juste voulu récupérer au plus vite quatre-vingt mille dollars. Le sexe n'avait jamais fait partie du plan. C'était censé être un coup rapide...

Elle s'arrêta à cette pensée en grimaçant. Mauvais choix de mot, parce que sans savoir comment, elle avait laissé la nuit se transformer en un coup totalement différent. Elle n'était pas simplement sortie du casino en étant plus riche que lorsqu'elle était entrée. Non... c'était Trey qui était entré en elle et qui en était sorti à répétition. Empoignant ses mains comme s'il ne voulait plus jamais la lâcher. Il n'avait pas juste exploré son corps, il l'avait vénérée. Il l'avait regardée dans les yeux comme s'il avait été subjugué par de la magie qu'elle aurait jetée entre eux cette nuit.

Elle plongea pour un nouveau roulé et en profita pour s'éventer le visage de son aile gauche, tout ça parce que penser à ce Délicieux Cowboy l'avait fait surchauffer une nouvelle fois.

*Ce n'était pas un simple homme. C'était un loup,* lui rappela la petite voix dans le fond de son esprit.

Un loup métamorphe qui ressemblait en tout point à l'homme mystère qui tenait le premier rôle dans ses fantasmes les plus lubriques. Elle avait toujours pensé que ce visage était le fruit de son imagination, mais maintenant, elle n'en était plus si sûre.

Elle l'avait observé dès qu'il était entré dans le casino, parce que, comment ne pouvait-elle pas mater un mec comme lui ? Il rôdait plus qu'il ne marchait, comme un lion dans la savane ou un boxeur montant sur le ring. Un homme dont l'aura s'étendait devant lui comme deux gardes du corps qui hurlaient de dégager du passage.

Non pas qu'il avait besoin de protection, pas avec une carrure comme la sienne. Les gens s'étaient inconsciemment écartés de ses larges épaules et de ses jambes puissantes, comme s'ils dégageaient de l'espace pour un troupeau de taureaux.

Il était patient, intelligent, avec une pointe d'innocence attachante. Il avait fait le tour des tables de poker quelques fois, pour observer, attendre, tout ça en silence. Quand il s'était enfin décidé, il s'était glissé sur une chaise vide comme un cavalier montant un taureau dans l'enclos de départ. Prudent. Confiant. Prêt pour la chevauchée de sa vie. Des yeux d'un bleu incroyable, bleu canard, qui avaient étudié le jeu de cartes comme s'ils avaient des rayons X et pouvaient deviner ce qui arriverait ensuite. Il n'avait pas compté les cartes ni tenté les combines habituelles ; il avait jeté un simple coup d'œil aux siennes, pris une décision, et s'était appuyé sur le dossier de son siège en attendant.

*Envoie tout ce que tu as, destin. J'ai un atout dans ma manche.*

Le seul tour qu'il avait fait, c'était quand il avait levé les yeux pour croiser son regard. Il avait même plutôt *capturé* son regard, pourtant à plusieurs mètres d'elle, parce qu'elle n'avait pas pu s'en détourner après ça. Et, bordel, lui non plus, apparemment. Sa lèvre inférieure s'était ouverte comme s'il n'avait jamais vu quelqu'un comme elle auparavant.

Et elle n'avait même pas été sous sa forme de dragonne.

Elle avait été juste Kaya. Kaya, l'assistante-vétérinaire avec ses cheveux lisses, ses petits seins et sa tendance à se renfrogner quand elle réfléchissait.

Elle prit un courant d'air ascendant, ses ailes stables et déployées, essayant de maîtriser ses pulsions palpitantes.

Bon, et alors ? Elle avait vu un beau mec. Un beau mec avec assez de chance pour être sa cible ce soir.

Mais ce n'était pas si simple, car elle n'avait pas été la seule à le regarder. Les deux chasseurs de primes l'avaient ciblé aussi. Elle les avait déjà vus en action ces derniers jours, en faisant le tour des casinos. Le grand l'avait bousculée, puant l'ours. Ce n'était pas une odeur pure et boisée comme celle que dégageait ce charmant loup métamorphe, mais plutôt une émanation âcre, similaire à celle d'une cave froide, humide et sale en hiver.

Elle avait vu les deux types détourner leur attention d'un type maigrichon pour la poser sur lui. Des dollars brillaient presque dans leurs yeux comme les symboles défilant dans les machines à sous. Ils recrutaient pour les fosses de combat, et un loup du genre de Trey était le candidat parfait. Il se battrait longtemps et durement. Il pourrait même survivre quelques semaines, rapportant des milliers aux bookmakers avec qui ces brutes travaillaient.

Les fosses de combat étaient le secret le mieux gardé de Las Vegas. Ou du moins un de ses nombreux secrets. Un ring où on gagnait et perdait des paris, non pas avec des cartes, mais avec la vie. Les arènes de gladiateurs de la Rome antique n'étaient rien à côté, à en juger par ce qu'elle avait entendu des murmures et des voix basses.

Le gros chasseur de primes l'avait bousculée pour se placer à la droite de la table, observant Trey et son jeu. Après un moment, il avait reniflé et hoché la tête.

Kaya avait suivi son regard, dirigé vers l'autre côté. À qui faisait-il signe ?

Probablement pas à la métamorphe biche anorexique avec sa choucroute et ses faux seins. Elle était trop occupée à être attachée à son *sugar daddy*, un humain dégarni. Ce n'était pas l'ours sans-abri qui traînait vers les machines à sous, ni la licorne qui se dandinait dans un smoking un peu trop moulant aux fesses.

Non, la brute avait fait signe à un autre métamorphe ours. Un type maigre dans un costume marron que tous les employés portaient. Il lui avait fait signe en retour, avait disparu, et était revenu deux minutes plus tard avec un plateau rempli de boissons. Elle aurait été prête à parier gros que l'une d'elles avait été droguée.

— Du whisky, monsieur ?

Le beau gosse avait hoché la tête d'un air absent alors qu'il avait échangé deux cartes pour deux nouvelles, ne remarquant rien. En quelques gorgées, il avait vidé son verre.

Seigneur. Personne n'avait donc averti ce cowboy au sujet de Las Vegas ? Il avait dû apprendre à jouer au poker dans un dortoir ou un ranch, pas dans un endroit hypocrite comme un casino, qui suivait ses propres règles.

La drogue mettrait un moment à agir sur son métabolisme de métamorphe, cependant elle finirait par agir. Les brutes attendraient qu'il ne puisse plus voir clair avant d'agir, et il se réveillerait dans un cachot cinq étages sous terre, prêt à être jeté dans les fosses.

Comment pouvait-il être si naïf ?

Elle n'avait pas été mieux cependant, en se noyant dans l'univers de ses yeux bleus. Comme si elle avait aussi été droguée. Droguée par son regard, son odeur, son contact. Oh, Seigneur, qu'avait-elle fait ?

Elle poussa un souffle de frustration dans la nuit et... *waouh !*

Un fin filet de feu explosa de sa bouche.

Putain de merde.

Elle perdit momentanément le rythme et dut secouer ses ailes avant de pouvoir retrouver sa synchronisation. Le feu avait quitté les gènes de son clan des générations plus tôt. De nos jours, seuls les plus puissants pouvaient faire appel à un bon brasier à l'ancienne. Le mieux qu'elle avait réussi à faire, c'était tousser quelques flammèches qui s'étaient étouffées avant même de commencer. Des étincelles qui avaient un goût de cendres et puaient l'œuf pourri... et ça, c'était vraiment quand elle était échauffée.

Son grand-père avait eu plein d'histoires sur les dragons de l'ancien temps. « Le feu n'est pas lié à l'avidité ou désir », avait-il expliqué quand ils avaient volé côte à côte, des années plus tôt. « Il est lié à l'amour, et si tu y crois vraiment... »

Elle ricana. Bien sûr. L'amour. Elle connaissait à peine le type avec qui elle avait couché.

Cet homme si attirant que c'en était ridicule, avec une voix qui chatouillait quelque chose au fin fond de son âme.

Elle vola vers les montagnes marron violacé au loin, se demandant pourquoi elle était si tendue.

C'était à cause de sa sœur. C'était ça. De l'anxiété pour elle, parce que ça ne pouvait clairement pas être ce type. Clairement, clairement pas.

Elle s'inclina pour suivre la première vallée et descendit dans un canyon. D'un coup d'ailes puissant, elle se redressa et vira pour atterrir sur une saillie côté sud. C'était là qu'elle avait établi sa tanière pour le temps de son séjour à Las Vegas, pour pouvoir décider quoi faire au sujet de sa sœur.

Le sac étant toujours accroché à ses griffes, elle dut atterrir sur une seule patte, et elle se transforma si vite que quand elle s'arrêta, c'était sur ses pieds humains. Elle redressa les épaules alors que l'extrémité de ses ailes rentrait sous sa peau. Elle fit ensuite craquer un peu sa nuque de gauche à droite. Contractant ses doigts quelques fois, elle ferma les yeux, s'habituant à la sensation de respirer à travers une trachée plus petite.

L'aube brisait la ligne d'horizon du désert, et c'était magnifique. Une lumière légèrement jaune et rose filtrait sur les collines, faisant son chemin dans les vallées, centimètre par centimètre sur les broussailles. Un hibou hulula quelque part sur la gauche, faisant ses adieux à la nuit.

Une belle journée. Alors pourquoi son estomac était-il noué ?

Elle s'assit sur un rocher, renversa le contenu du sac, et commença à compter et recompter les billets.

— Quatre-vingt-sept mille... quatre-vingt-huit mille...

Elle comptait à voix haute pour se forcer à croire que c'était réel. Elle avait assez. Plus qu'assez, même. Quatre-vingt-dix mille en tout.

Elle brandit un poing victorieux et glissa une main dans sa poche arrière. Elle tomba directement sur sa peau nue.

Le souffle coupé, elle sentit le petit élan triomphant qui parcourait ses veines se figer.

Ses vêtements. Son jean. Son téléphone...

Elle avait tout laissé derrière elle à l'hôtel.

Sa tension artérielle ralentit. Elle n'avait pas pu être si négligente, n'est-ce pas ?

Oh, Seigneur. Si. Elle n'avait emporté que le sac d'argent sur le balcon pour compter alors que Trey était endormi. Elle n'aurait jamais pu imaginer que ces brutes se pointeraient à ce moment dans la chambre et le tirerait du lit.

Trey, dans son plus simple appareil. Clignant des paupières pour chasser le sommeil.

Trey qui avait écarquillé les yeux en la voyant prête à sauter.

Son cœur tambourina dans sa poitrine, rejouant toute la scène.

Il avait bondi après elle, s'étirant comme un athlète olympique, tendant la main de toutes ses forces. Poussant un cri d'horreur, comme elle n'en avait jamais entendu auparavant dans la bouche d'un homme. Pas pour lui, mais pour elle.

Et qu'avait-elle fait ?

Kaya ferma les yeux de honte. Elle avait pris l'argent et avait joué la fille de l'air. Littéralement.

Elle avait beau essayer de ravaler la boule dans sa gorge, elle restait obstinément coincée.

Kaya secoua la tête et se réprimanda durement. La seule chose qui comptait, c'était l'argent pour sa sœur. Trey le lui aurait certainement donné si elle avait eu l'occasion de lui expliquer pourquoi elle en avait tant besoin, pas vrai ? En particulier si elle lui avait fait comprendre que c'était son unique espoir.

Elle se racla la gorge, et le goût de cendres du feu était toujours sur sa langue. Il avait gagné ces quatre-vingt-dix mille dollars avec facilité. Il pouvait probablement recommencer, non ?

Elle devait se sortir ce beau gosse de la tête. Elle devait passer à la suite, parce que la dernière chose dont elle avait besoin, c'était d'avoir un loup joueur dans sa vie. Elle devait se concentrer et suivre le plan.

Un plan qui nécessitait son téléphone, un numéro non enregistré, et un paquet de billets.

Et merde, elle n'en avait qu'un des trois, parce que son portable et le numéro étaient dans la chambre d'hôtel avec ses vêtements.

Elle se laissa tomber si durement sur le rocher qu'elle en eut mal aux fesses. Mais, bordel, elle le méritait pour avoir été si stupide.

Des larmes lui montèrent aux yeux, mais elle les chassa en cillant, parce que cela ne l'aiderait en rien. Elle avait surtout besoin d'un plan. Un nouveau plan.

Elle grommela et tint sa tête dans ses mains.

Un plan qui signifiait qu'elle n'en avait pas fini avec ce beau gosse, après tout.

# Chapitre 4

Trey regarda à droite et à gauche puis se précipita par la porte de derrière. Une fois dans la ruelle, la température monta en flèche et atteignit presque les quarante degrés, lui grillant la peau même à l'ombre du matin. Il enfila son sac à dos et vérifia l'heure sur la montre qu'il avait eu tout juste le temps de prendre, après avoir projeté les deux petites frappes contre le mur de la chambre d'hôtel et avoir fui.

Sept heures.

Bordel, cette journée allait être infernale... après cette nuit tout aussi infernale. Comment un innocent détour à Las Vegas avait-il pu l'empêtrer dans... dans... un tel nid de guêpes ?

Il mit sa casquette, celle qui lui portait chance et qui lui avait été offerte par sa cousine Lana en cadeau de départ, puis descendit la rue. Une fois qu'il tourna sur Fremont Street, il sauta dans le premier taxi qu'il trouva.

— Où on va, mon pote ? demanda le chauffeur.

Il lui jeta un coup d'œil dans le rétroviseur intérieur juste une fois, pas deux. Tant mieux ; il n'avait pas besoin qu'on se rappelle son visage, au cas où.

Son esprit gambergeait. Où ? Ce dont il avait vraiment besoin, c'était déguerpir de cette ville. Fissa.

Mais avant qu'il puisse le retenir, son loup lui fit dire totalement autre chose.

— Un bon endroit où prendre un petit déjeuner, de l'autre côté de la ville.

Le chauffeur afficha un sourire biscornu.

— Laissez-moi deviner. Une fugue discrète au petit matin après une belle nuit avec une jolie fille ?

Trey soupira et s'affaissa dans son siège. Si seulement il savait... cela avait été plus qu'une simple fugue. La dernière dose d'adrénaline coulait encore dans ses veines, se transformant vivement en palpitation lasse. Il pouvait encore sentir l'effleurement des doigts de Kaya sur les siens, le contrecoup du battement de ses ailes...

Ses *ailes*, bordel !

Ce n'était pas comme s'il ignorait l'existence des dragons. Mais il n'en avait jamais vu de sa vie, et encore moins couché avec. Et il s'était encore, encore moins battu pour l'un d'eux. Ses poings tremblaient suite au coup qu'il avait écrasé sur la tempe d'un des types, et son épaule sentait encore le poids lourd de celui contre qui il avait chargé pour le projeter dans le mur. La migraine était de retour également, ainsi que les questions.

Qui était cette dragonne ? Où était-elle allée ? La reverrait-il un jour ?

Il se racla la gorge, parce que cette phrase lui avait plutôt paru être un gémissement, même dans son esprit.

— Bienvenue à Las Vegas, mec, ricana le chauffeur de taxi. Je connais l'endroit parfait pour un petit déjeuner. Le meilleur café de la ville.

Ce dernier s'avéra être du jus de chaussette, et Trey se demanda si cela en disait plus long sur l'opinion du chauffeur ou sur la qualité du café à Las Vegas. Mais l'omelette était bonne, et il avait réussi à semer les métamorphes ours. Il avait de l'argent ailleurs pour payer le taxi et le repas, cependant ce n'était rien comparé à la quantité qu'il y avait dans le sac de toilé volé par Kaya.

Il racla avec son toast les restes de jaune d'œuf collant dans son assiette et songea à la suite. Et il manqua clairement de s'étouffer sur sa gorgée quand son loup mit son grain de sel.

*Trouve Kaya. Tiens-la dans tes bras. Étreins-la. Fais d'elle ta compagne.*

Il cogna la tasse de café si fort sur la table que trois têtes se tournèrent dans sa direction. Qu'est-ce qui lui prenait ?

*Le destin,* ronronna son loup qui dessina une image d'elle dans son esprit. Une image très dangereuse de lèvres entrouvertes, d'yeux affamés, de narines dilatées, comme si la même force magnétique qui le bouleversait agissait aussi sur elle.

*Compagne,* conclut le loup. *Mienne.*

Il secoua la tête comme toujours quand on lui parlait de compagnons prédestinés. Juste parce qu'un métamorphe par-ci par-là tombait raide dingue d'un autre, ça ne signifiait pas que le destin était responsable.

Mais alors une autre image de Kaya jaillit dans ses souvenirs confus, comme un coup de poing dans le ventre. Quand il avait levé les yeux d'une autre main gagnante, la deuxième quinte flush royale de la nuit, rien que ça, il l'avait vue. Il en avait eu la respiration coupée, sirotant son whisky dans sa main droite. Il avait cessé de tripoter le jeton de cinq mille dans sa main gauche, parce que le temps s'était arrêté pile à ce moment, comme un pneu dérapant brusquement sur l'asphalte.

Ses yeux étaient plus grands et brillants que le ciel du Nevada. Le ciel d'Arizona également... tous, en fait. Elle l'avait dévisagé en retour, émerveillée et emballée, comme si le temps s'était figé pour elle aussi. Son esprit avait ensuite accéléré vers une suite d'images frémissantes de tous les moments fabuleux que le futur leur réservait, si seulement ils saisissaient ce moment et s'y accrochaient de toutes leurs forces. La chance de leur vie, qui avait fouetté l'air comme un ticket gagnant de loterie s'agitant sous la houle. Chaque cellule, chaque atome de son corps lui avait crié de tendre le bras et de profiter de cette occasion avant qu'elle ne s'échappe.

Il s'était tellement perdu dans ces yeux qu'il avait presque manqué sa chance de poser ses cartes avant que le donneur passe son tour. Mais par miracle, il avait jeté sa main juste à temps, ainsi que le jeton de cinq mille, et n'avait même pas goûté à la joie et à l'émerveillement tout autour de lui. Il n'avait vu qu'elle.

Kaya. Déesse. Dragonne. Compagne prédestinée ?

Ou Kaya, fille facile et voleuse ?

Il poussa un long soupir chevrotant, parce que les souvenirs lui revenaient en tête, ainsi que la somme à cinq chiffres. Quatre-vingt-dix mille dollars. Il avait gagné quatre-vingt-dix mille dollars! Il n'avait pas rêvé cette partie, ni celle de sa rencontre avec Kaya.

Un téléphone sonna, et il plissa les yeux en observant autour de lui, parce que ce n'était clairement pas le sien. Il sirota son café, agacé.

*Tu vas répondre ou pas, mec?* semblait lui dire son voisin de table en le scrutant.

Trey le fusilla du regard avant de comprendre que le son provenait de son propre sac à dos. Il le récupéra sous la table et fouilla dedans. En fuyant de la chambre d'hôtel, il était juste parvenu à le prendre en plus d'une poignée de vêtements. Il avait enfilé son jean et un T-shirt dans la cage d'escalier, une fois sûr d'avoir une avance correcte sur les deux types, mais avait fourré le reste dans le sac à dos avant de filer.

Il l'ouvrit, le gardant assez bas et hors de vue des yeux mornes des clients, certains scrutant le vide, perdus dans leurs propres souvenirs ou leurs regrets.

Le parfum de Kaya se dégagea du sac avant même qu'il puisse chercher dedans, et son cœur marqua un temps d'arrêt. Ses doigts se refermèrent sur quelque chose de petit et dur, et il sortit le portable pour le regarder alors qu'il sonnait encore deux fois. Il finit par décrocher et marmonna un simple « allô ».

— *Tu as l'argent?* aboya quelqu'un.

Il réfléchit un instant. Comment répondre, si déjà il devait répondre? Kaya avait l'argent, oui. Mais peut-être que ce n'était pas la meilleure solution.

— Bientôt.

Une phrase neutre, se dit-il.

— *Bientôt? Bientôt?* s'énerva la voix. *Tu sais ce que je vais faire si tu n'amènes pas l'argent?*

Un bruit étouffé retentit de l'autre côté de la ligne et une femme cria de douleur.

— *Oh, mon Dieu, Kaya! Je suis tellement désolée!*

Le combiné revint vers l'homme à la lourde respiration.

— *Message reçu? Je veux l'argent.*

Bordel, que se passait-il?

Trey réfléchit à toute vitesse. Il était temps de bluffer.

— Je rajouterai cinq au prix.

La voix ricana, mais il attendit. Il ignorait totalement ce qu'il promettait, ni à qui. Cinq cents dollars ? Cinq mille ? Cinq millions ? Mais il devait bien faire quelque chose.

— *Dix*, exigea la voix suspecte.

Et aussi facilement que ça, il avait passé un marché. Un marché qu'il ne savait pas s'il pourrait respecter ou non.

— Bientôt, répéta-t-il.

— *Pour minuit*, siffla le type.

Il raccrocha brusquement.

Trey scruta le téléphone. Que se passait-il, bordel ?

Il songea que le sac aurait peut-être un autre indice, donc il fouilla. Avec soin, étrangement, comme s'il s'agissait de la porcelaine de son arrière-grand-mère. En dessous se trouvait la chemise de Kaya. Simple, en soie, presque aussi agréable au toucher que ses cheveux. Sans réfléchir, il la sortit pour le renifler profondément, puis la posa sur ses genoux et regarda autour de lui.

Tous les yeux des clients étaient rivés sur l'écran du loto. Ouf. S'il n'était pas prudent, on pourrait le surprendre en train de sniffer des petites culottes en pleine journée.

Ce qui n'était pas le but. Même s'il ne savait pas exactement quel était le but, il continua à fouiller dans ses affaires.

Un pantalon. Une chaussure. Un soutien-gorge noir en dentelle qui fit frémir son entrejambe. Une jolie écharpe à pois...

Sa main toucha le fond. Pas d'argent. Aucune trace du sac en toile où il avait fourré ses gains avant de quitter le casino, Kaya à son bras. Elle lui avait fait prendre plein de détours sur le chemin de l'hôtel, et sa vision s'était troublée à chaque pas. Tout s'était troublé sauf elle.

Kaya à son bras... Il revit ce moment, encore et encore. Elle avait calé son coude dans le sien et embrassé son oreille avant même qu'ils n'atteignent la chambre.

Il farfouilla encore une fois jusqu'à être sûr. Son portefeuille était toujours là, avec les deux cents dollars qu'il avait eus à son arrivée à Las Vegas, mais rien d'autre. Pas de liasses.

Pas de dragonne.

Ce qui faisait d'elle une voleuse, pas vrai ?

Trey prit une autre gorgée de son jus de chaussette alors que son loup poussait un long hurlement plaintif.

Les deux voyous n'avaient clairement pas pu récupérer quoi que ce soit. Il avait été trop rapide. Il n'avait pas laissé ses gains dans la chambre, vu que Kaya avait fui avec le sac entre ses griffes.

Donc, oui, cette dragonne était bel et bien une voleuse.

Il essaya d'être furieux. Il essaya vraiment, vraiment fort de trouver un peu d'amertume et de rage. Quatre-vingt-dix mille dollars ! Presque cent briques ! Assez pour s'acheter le genre de propriété dont il rêvait. Quelque chose de petit, dans les montagnes, où l'air était propre, l'eau du ruisseau fraîche, les étoiles plus proches. Kaya lui avait volé ça, donc il avait tous les droits de détester ces yeux merveilleux, ces courbes attrayantes.

Tout ce qu'il parvint à déclencher cependant, ce fut le début d'une érection, juste en pensant à elle.

Il vérifia rapidement ses appels sortants et sa liste de contacts. Il fouilla ensuite dans ses poches de pantalon, se disant que c'était pour trouver un indice sur son identité et pas pour prendre son pied à l'idée de glisser ses mains où elle avait eu les siennes, puisqu'il était à peu près sûr de l'avoir déshabillée la veille. Ce qui avait dû arriver cinq secondes après qu'elle l'avait dévêtu aussi, s'il se fiait à ses souvenirs bancals.

Est-ce que tout ça avait été faux, ou avait-elle eu besoin de lui autant qu'il avait eu besoin d'elle ? Cette faim folle, ce désir animal pur. L'avait-elle ressenti aussi ?

De telles pensées ne servaient à rien, à part renforcer la trique qui testait la résistance de son jean.

Il y avait quelques bouts de papier dans une poche de pantalon qui ne lui disaient pas grand-chose. Un reçu pour des snacks dans une station-service, quelques tickets de loto gribouillés, et la somme totale de sept dollars pliés en huit. Il y avait une carte professionnelle dans l'autre poche : *Igor Schiller, Scarlet Palace*. Un numéro de téléphone était écrit à l'arrière, en plus d'un autre bout de papier qu'il leva à la lumière.

*Parking Graceland Valet*, avec un numéro, une heure et une date qui remontaient à trois jours.

Il examina la carte professionnelle puis le ticket de parking. Par où commencer ?

Il rangea la carte dans sa propre poche et garda le ticket. Kaya avait son argent, donc ce ne serait que justice de s'approprier sa voiture, n'est-ce pas ?

— Où va-t-on ? demanda le chauffeur de taxi suivant.

Il lui montra le talon, et le chauffeur démarra, fredonnant un titre d'Elvis.

∞∞∞∞

Trey brandit le ticket de parking, essayant de ne pas loucher devant le costume blanc à sequins qui l'aveuglait comme un millier de fragments de soleil brûlant dans le désert.

Le sosie d'Elvis siffla.

— Trois jours, *mister*. Ça va faire une sacrée facture.

Une musique endiablée jouait dans les haut-parleurs au-dessus de lui. Un autre titre de Presley, bien évidemment.

Trey haussa les épaules.

— Pouvez-vous juste aller la chercher, s'il vous plaît ?

— C'est une jolie caisse, répondit Elvis en souriant, faisant courber ses rouflaquettes. Je suis triste de la voir partir.

Trey aligna la monnaie sans maugréer devant la facture dingue à trois chiffres. Il avait économisé autant que possible le moindre dollar durement gagné, pourtant cette folie lui semblait justifiée. Tout ce qui concernait Kaya semblait justifié.

Il tendit le cou alors que le type traversait les allées de voitures et disparaissait dans le fond. Une BMW avec des plaques de l'Oregon attira le regard de Trey sur la droite, ainsi qu'une Lexus avec vitres teintées sur la gauche. Plus loin dans la rangée se démarquait le porte-charge d'un SUV qui capta son attention avec deux VTT recouverts de boue. Il n'y avait pas de vieilles guimbardes ici, presque que des jolies voitures.

Que pouvait conduire Kaya ? Une coccinelle décapotable, comme la bleu-royal garée sur la droite ? Ou une Prius pratique, comme celle de la seconde rangée ?

Des parasites retentirent dans les haut-parleurs du parking de Graceland avant qu'une autre chanson d'amour d'Elvis ne les remplace, parlant de genoux tremblants, de bredouillements et de cœurs battants. Trey observa les alentours. L'emplacement voisin était occupé par une église aux pierres grisonnantes, une sorte de version minuscule de Notre-Dame avec des arcs-boutants, des gargouilles et des saints aux visages sobres qui contemplaient l'étendue de Las Vegas, secouant presque la tête.

Elvis continua à chanter son amour, à avoir des démangeaisons et à s'agiter, ignorant sa pieuse audience.

Le ronronnement étouffé d'un moteur bien conçu résonna au fond du parking. Rapide et sauvage, rempli de chevaux refoulés suppliant d'être libérés. Il vrombit fort avant de redescendre à un niveau normal, puis travailla au moment de passer la première.

Le gravier grésilla et un éclat de rouge tourna au coin. Trey redirigea son regard, qui était resté trop haut. Il assimila le capot long et large, l'habitacle en arrière. Ses yeux balayèrent les phares ronds et perçants, la bouche pincée que formait la grille à l'avant, et l'écriture écarlate de la plaque californienne. Il resta bouche bée alors que le gardien roula jusqu'à lui, descendit, et tapota gentiment le capot.

— Un jaguar décapotable de 1962, dit-il en soupirant avant de lui rendre le reçu. Une jolie caisse.

— Une jolie caisse, approuva Trey alors qu'il se laissait tomber sur le siège conducteur et gonflait un peu les joues.

Il glissa les mains sur le volant protégé de cuir et admira le tableau de bord aux cadrans délimités de chrome. S'il ne s'était pas réveillé avec Kaya dans ses bras la nuit précédente, il aurait pu qualifier ce moment comme le plus divin de sa vie.

Son loup bourdonna alors qu'il passa la première et s'engagea sur la route.

Voiture : check. Que devait-il faire maintenant ? Toujours pas de fille. Toujours pas d'argent. Juste une voiture racée et un Elvis crooneur qui radotait sur l'amour.

Il s'élança, tapotant sur le volant. Peut-être qu'il trouverait un plan au fur et à mesure qu'il avancerait.

Quelque chose fila dans le paysage que reflétait le rétroviseur, et il leva les yeux. C'était quoi, ça ?

Une deuxième ombre se faufila dans le miroir. Quelque chose de gros, avec des dents, qui se dirigeait droit sur lui.

Un hurlement à déchirer les oreilles retentit, et il plongea juste à temps sous le pare-brise quand le vent siffla au-dessus de sa tête. Deux griffes géantes manquèrent la vitre d'un cheveu.

Il chercha autour de lui. Quoi encore ?!

# *Chapitre 5*

Quelque chose d'autre vola au-dessus de lui, et Trey se précipita sur le côté. Les pneus crissèrent alors que la voiture virait. Quand il secoua la tête et se redressa, il était dans une toute autre file. Celle d'en face.

— Putain de me… !

Un semi-remorque klaxonna. Trey tourna vivement le volant à droite pour ramener la Jaguar dans sa voie.

Son cœur tambourina dans sa poitrine et hurla. *T'es fou ou quoi ?*

Peut-être que oui, mais il aurait pu jurer… Il scanna le ciel au-dessus de lui. À l'aveuglette, il chercha le bouton de la radio et la coupa. La dernière chose dont il avait besoin, c'était qu'Elvis le distraie alors qu'il était attaqué. Attaqué par…

Un cri aigu hystérique retentit comme le son d'ongles sur un tableau noir, ce qui le fit plonger de nouveau. Et juste à temps, parce qu'une griffe irrégulière passa dans l'habitacle ouvert de la décapotable, essayant de l'empoigner.

Il vira à quatre-vingt-dix degrés dans la circulation pour rejoindre une route parallèle. L'odeur de caoutchouc brûlé emplit ses narines alors que son épaule cognait sur le flanc intérieur de la voiture.

Putain, il l'avait échappé belle… et avait failli se faire embrocher ou emporter par ce truc, quoi qu'il s'agisse. Il avait aussi manqué de percuter le bus Volkswagen hippie qui l'avait suivi de près.

Il mit les gaz et la Jaguar fila, le faisant sourire comme un fou. Au moins, il avait le bon engin pour s'enfuir. Bas et rapide.

L'air souffla au-dessus de sa tête, et cette fois, il était préparé. Il se baissa, vira brutalement, et laissa son assaillant frapper dans le vide tandis qu'il pouvait l'observer franchement.

Pas un dragon, ce qui aurait été logique étant donné la propriétaire de la voiture.

Pas une harpie non plus. Aussi facile que ce soit à imaginer, ce n'était pas une bête à la poitrine nue et moitié oiseau, moitié femme furieuse.

Non. Rien de tout ça. C'était une...

Il plongea juste à temps pour éviter une nouvelle attaque aérienne par une seconde... Comment s'appelaient ces choses déjà ? Pour le moment, son esprit refusait de cracher le mot, jusqu'à ce qu'une troisième arrive en criant, si près qu'elle marqua le pare-brise de ses griffes noires. Et ce fut à ce moment qu'il se rappela.

Gargouilles.

Il s'agissait de gargouilles. Les trois. Des monstres volants au gros nez et au visage hideux qui auraient dû être accroupis au sommet d'une cathédrale et non pas siffler dans l'espace aérien de la Jaguar.

Il avait déjà vu des gargouilles auparavant, cependant jamais vraiment comme ça. Boston et les autres villes historiques de la côte est étaient remplies de ces choses. Des mochetés comme celles-là, mais différentes aussi. Les seules qu'il avait croisées étaient calmes, du style académique, et hantaient Harvard Yard et les parcs entourant la cathédrale d'Holy Cross, jugeant les parties d'échecs.

Apparemment, le Nevada avait une tout autre sorte d'espèce de gargouilles... du genre sauvage et qui vous hurlait après.

Il slaloma dans tous les sens alors qu'elles se rapprochaient pour un nouvel assaut. La voiture était si basse qu'il avait l'impression que sa tête dépassait d'un kilomètre, donc il se baissa, à peine capable de voir par-dessus le tableau de bord en cuir. Même là, la première gargouille vola si près qu'elle manqua de lui dessiner une raie dans les cheveux. La deuxième descendit plus bas encore et sa griffe de quinze centimètres érafla le coffre avant que Trey ne freine brusquement et la laisse égratigner le capot.

— Hé !

Il grimaça en la voyant abîmer la peinture. Merde. Kaya allait être énervée.

Ce qui était ridicule. Pourquoi s'inquiétait-il de l'humeur de la dragonne au sujet des dégâts d'une voiture, puisque c'était elle qui s'était envolée ? Avec quatre-vingt-dix mille dollars ? Alors que c'était lui qui était agressé par des gargouilles volantes ?

Sa poitrine se serra un peu malgré tout devant l'image de Kaya se renfrognant. Comme si arranger tout ça était sacrément plus important que juste s'échapper de Las Vegas en vie. Ce qui n'avait aucun sens, parce qu'il n'y avait rien de plus essentiel que de survivre, pas vrai ?

*Non, il y a elle,* grommela son loup.

Il continua à rouler, évitant les créatures volantes deux et trois, tandis que son esprit essayait de trouver une solution. Les gargouilles l'avaient traqué à la seconde où il était sorti du parking, pas avant. Ce qui veut dire qu'elles n'en avaient pas après lui, mais après Kaya. Ou du moins sa voiture.

Ou protégeaient-elles la voiture des intrus comme lui ?

Il eut sa réponse un instant plus tard, quand deux gargouilles volèrent en même temps vers lui. Celle sur la droite déchira dans une entaille irrégulière l'appui-tête du siège passager, et l'autre à gauche fit rebondir sa griffe contre le rétroviseur, brisant le verre.

Bon, elles ne protégeaient clairement pas la voiture.

Ce qui signifiait qu'elles en avaient après Kaya, ce qui l'énerva véritablement. Trois gargouilles moches au possible qui en voulaient à sa déesse aux cheveux auburn ? Son loup grogna bruyamment dans une déclaration de guerre.

La première était déjà de retour, et cette fois, Trey lança sa contre-attaque. Il garda une main fermement sur le volant, tandis que l'autre se leva, exposant ses huit centimètres de griffes de loup à chaque doigt. Il donna un coup vers l'arrière alors que la gargouille passait, lacérant le ventre tanné de la bête de quatre lignes parallèles.

Elle hurla, baissa sa queue pointue, et se décala sur le côté.

— Ha ! s'exclama Trey en serrant un poing victorieux.

Soudain la longue rangée de points verts que formaient les feux tricolores devant lui devinrent orange, puis rouges, et une limousine noire interminable avança pour traverser l'intersection dans l'autre sens.

Et elle roula, roula, roula.

— Bordel de merde..., jura-t-il.

Il n'eut pas d'autre choix que ralentir alors qu'une succession sans fin de fenêtres teintées défilait. Eh bien, qu'elle était longue. Deux groupies en débardeurs glissèrent la tête par la fenêtre de toit, levant des flûtes de champagne et repoussant leurs cheveux.

Une gargouille hideuse au nez crochu passa devant la Jaguar. Trey vira à gauche et aperçut des yeux rouge sang alors que le monstre le dépassait et tourbillonnait hors de contrôle, évitant de justesse la limousine.

Les gargouilles étaient protégées par de la magie qui empêchait les humains de les voir autrement que comme des oiseaux très gros et laids... mais c'était suffisant. Les fêtardes crièrent et perdirent leurs lunettes de soleil. Les gargouilles glapirent. Trey freina de toutes ses forces et fit crisser les pneus de la Jaguar dans un virage à gauche, manquant de rogner la limousine alors qu'il finissait dans une rue transversale.

Les klaxons retentirent partout autour de lui alors qu'il émergea dans la circulation, avançant péniblement dans sa fuite. Un pickup arrivant par-derrière fonça dans un panneau de débit de boissons, et le SUV encore après percuta son pare-chocs.

Oups.

Trey rétracta ses griffes, passa la troisième, et commença à serpenter entre les véhicules, essayant de gagner du terrain alors que son esprit gambergeait. Comment chasser ces gargouilles ? Et de préférence sans détruire tout sur son passage dans Fremont Street. Parce que, merde, il était dans la rue principale, maintenant. Le trafic ralentissait devant, et un coup d'œil lui confirma que les gargouilles se rapprochaient très vite.

Il klaxonna de toutes ses forces, mais personne ne bougea. Un type sur le trottoir le visa de son téléphone, hurlant à sa femme :

— Regarde, chérie !

— Ce n'est pas la voiture de James Bond ? demanda-t-elle d'une voix aigüe.

Trey sourit.

— Nan, c'est celle d'Austin Powers, répondit son mari.

Trey se renfrogna et les laissa derrière lui, accélérant dans un petit espace qui se libéra entre deux véhicules avant de retourner à droite derrière un camion.

Le feu brillait orange plus loin. Un utilitaire professionnel était garé à côté d'un trou béant dans la chaussée, et un type dans un gilet fluorescent signalait que deux voies fusionnaient en une seule.

— Pas maintenant... marmonna Trey en frappant le tableau de bord.

Se penchant pour mieux voir, il découvrit une longue ligne de circulation en sens inverse qui se réduisait. De leur côté, les gargouilles arrivaient à pleine vitesse, et elles n'étaient pas là pour rigoler. Il passa une main sur le tableau de bord ; il aurait aimé qu'elle soit équipée d'un lance-roquettes. Mais il n'y avait que les fonctions classiques qui lui montraient la température du moteur, les 2500 tours au point mort et les trois quarts d'un plein.

Génial.

Il se redressa un peu sur le siège passager et cria une seconde avant d'appuyer sur le klaxon.

— Attention !

Un groupe de touristes japonais s'éparpilla alors qu'il faisait monter la décapotable sur le trottoir et passait la seconde.

— Attention, j'ai dit !

Des hurlements retentirent. Des membres bougèrent dans tous les sens. Des appareils photo flashèrent.

Trey garda une main sur le klaxon et le volant, alors qu'il agitait l'autre frénétiquement au-dessus de sa tête.

— Poussez-vous !

Il ne savait pas ce que les humains voyaient, cependant ils ne semblaient pas hurler de terreur devant les gargouilles, mais plutôt à son attention. Ce qui faisait de lui le méchant de l'histoire, et ça l'énervait franchement.

— Dégagez de là ! brailla-t-il de nouveau.

Un coup d'œil dans le rétroviseur montrait les gargouilles qui se rapprochaient. Il avait assez de place pour retourner sur la route, toutefois s'il tenait quelques secondes de plus...

Il regarda derrière, puis devant, faisant mille calculs différents dans sa tête. Un vendeur ambulant bondit sur le côté, faisant s'envoler des lunettes de soleil de leur stand de fortune. Un auvent encadré de métal était étalé sur le trottoir devant, avec un énorme néon qui représentait le signe du dollar et les mots « Gagnez aujourd'hui ! »

Une seconde de plus...

Il vira si violemment à gauche qu'il eut peur que le volant se détache. La voiture tourna vivement sur la route alors que la gargouille la plus avancée s'écrasa à toute vitesse sur le panneau en métal dans un craquement.

Trey s'insinua dans un trou de la circulation, gagnant encore du terrain.

Il jeta un coup d'œil dans le rétroviseur : plus que deux.

Les gargouilles restantes étaient furieuses, néanmoins il avait le vent en poupe maintenant. Il dépassa une moto vintage avec un side-car, et il aurait pu jurer avoir vu une poupée gonflable sur le siège. Le conducteur leva son pouce sur le passage de la Jaguar.

Il n'y avait qu'à Vegas qu'on pouvait briser un millier de règles du Code de la route et recevoir des félicitations enjouées.

Il lui fit signe en retour.

La circulation se dégagea de nouveau, et il fonça tout droit, montant jusqu'à cent dix kilomètres à l'heure dans une zone à cinquante. Il pouvait presque sentir la Jaguar sourire.

La pression de l'air dans son dos se réduisit tout comme les autres fois où les gargouilles avaient plongé sur lui, donc il freina d'un coup et dérapa sur la droite à l'intersection suivante.

— Putain !

Un bus touristique à étage avec un seul passager descendait Main Street dans l'autre sens et la Jaguar pila dangereusement juste à côté des énormes roues. La puissance renvoya Trey contre la portière et pendant un instant terrifiant, il crut que les charnières allaient lâcher.

Une autre seconde plus tard, la gargouille qui volait bas s'écrasa contre le bus touristique, et le bruit de freins crissant et de verre se brisant se fit entendre dans le dos de Trey.

Il tressaillit et regarda en arrière pour voir un touriste bouche bée se pencher sur le flanc du bus, choqué par les dégâts.

La bonne nouvelle, c'était que personne ne semblait blessé, sauf bien évidemment, la gargouille. Trey sourit. Plus qu'une.

La mauvaise ? La dernière bouillonnait de rage. Elle montra les crocs et fonça droit sur lui.

— Merde.

Trey fila vers la bretelle d'accès à l'autoroute un peu plus loin. Il faisait des écarts d'un côté et de l'autre, essayant d'éviter le monstre qui plongeait sur lui, encore et encore. Il coupa ensuite en diagonale trois voies de circulation, espérant que la gargouille se fasse éliminer par une camionnette de blanchisserie, un camping-car, ou tout autre véhicule bien en vue sur la route. Il faillit se tuer lui-même à la place, ce qui fit s'emballer son cœur à mille à l'heure. Les métamorphes pouvaient survivre à de grosses blessures, mais pas le genre qui survenait quand on se faisait traîner sous un camion.

Il s'engagea sur la voie de droite et vit les panneaux verts au-dessus de sa tête. À gauche : *Los Angeles, 426 km.* À droite : *Reno, 716 km.*

Il souffla. Bien sûr, Reno. Comme s'il allait remettre les pieds dans une ville de jeux d'argent. En fait, il ne jouerait plus jamais aux cartes, sauf dans un refuge avec quelques potes, dans la campagne d'un ranch.

La gargouille aplatit ses oreilles et fonça tout droit dans ce qui sembla être une attaque finale et désespérée. Elle sortit les griffes, rasant les poils du cou de Trey. Ceux qui s'étaient hérissés parce qu'il faisait s'élancer la Jaguar tambour battant, sans savoir comment fuir la bête maintenant qu'il avait réussi à se retrouver coincé entre deux camions.

La gargouille cria, leva les pattes et... disparut dans un coup de vent et un hurlement furieux.

Trey secoua la tête comme lorsque la fourrure de son loup était mouillée, essayant de chasser la sensation d'avoir de nouveau échappé de justesse à une mort certaine. Il tendit le cou, apercevant une dernière fois la gargouille qui décrivait un arc pour regagner la ville ; il pouvait la sentir jurer et montrer le poing.

Un panneau apparut et lui fit savoir qu'il avait atteint la frontière de la ville et se retrouvait à présent dans Paradise. Tout à coup, les vieilles histoires faisaient sens. Les gargouilles étaient des statues de pierre qui avaient pris vie grâce à la magie, mais seulement dans les limites de ce que leurs socles de marbre considéraient comme leur foyer.

Trey se fichait des détails. Tout ce qui lui importait, c'était qu'il était finalement libéré de ces monstres.

Il fallut une heure de plus et presque quatre-vingts kilomètres pour que son cœur se calme et pour qu'il puisse formuler une pensée rationnelle.

Enfin, pas tout à fait rationnelle, parce qu'au lieu de minimiser les dégâts et de rouler avec cette décapotable jusqu'à la côte du Pacifique, il vira à droite sur une route sans démarcation et la suivit pendant des kilomètres. Même quand l'asphalte devint du sable, il continua, attiré par une sorte d'impression qui lui disait que c'était le chemin à prendre. Les kilomètres défilèrent jusqu'à ce que Las Vegas se transforme en tache marron à l'horizon, à l'est. Une crête de montagnes grises poussiéreuses se dressa à partir de rien au loin, éraflant le ciel pâle du désert.

Levant son pied de l'accélérateur, il laissa la Jaguar en roue libre jusqu'à l'arrêt. Le soleil montait de plus en plus haut, donc il enfila sa casquette et écouta le moteur vrombir un moment. Il finit par le couper, sortir et s'appuyer sur le capot pour profiter du vent à la place. Il ferma les yeux et laissa le soleil lui brûler la peau sans raison particulière, mis à part le fait que cela lui semblait être la chose à faire sur le moment. Son loup renifla des espaces dégagés et une vie sauvage attrayante, repliés à l'abri des montagnes.

Une ombre passa au-dessus de lui. Il pouvait sentir le vacillement sur ses paupières. L'air changea, comme lorsque les gargouilles s'étaient rapprochées de lui, pourtant il resta parfaitement immobile. Son nez lui disait exactement de qui il s'agissait.

Ce n'était pas une gargouille, car elles n'avaient pas une odeur de pêche et de lavande.

Elles n'avaient pas l'odeur du sexe torride à cœur ouvert qui remontait à peine à quelques heures.

Elles n'avaient pas l'odeur du vent frais et doux des montagnes de pins se trouvant à des centaines de kilomètres au nord.

Les dragons, si.

Il ouvrit les paupières et vit la bête rouge et noire rabattre ses ailes et les replier totalement, avant de se poser au sol avec délicatesse. Des yeux lumineux d'un vert verre de mer se rivèrent aux siens.

Quand il ouvrit la bouche pour parler, il s'assura de prendre une voix bien plus forte et solide que les papillons qui voletaient dans son ventre.

— Bonjour, Kaya.

*Mienne*, gronda son loup au fin fond de lui. *Compagne !*

# Chapitre 6

Kaya se tenait sous le soleil dur du désert du Nevada, les yeux baissés sur Trey. Prétendant que le même magnétisme implacable qui les avait attirés la nuit précédente ne tourbillonnait pas de nouveau autour de ses chevilles comme le départ d'un foutu ouragan. Prétendant qu'ils étaient juste deux personnes normales, durant un jour totalement ordinaire.

Sauf qu'il était à croquer, bordel, et que sa voix était encore plus désirable.

— Bonjour, Kaya.

Il aurait pu tout aussi bien dire : « Laisse-moi te lécher de nouveau jusqu'à l'orgasme », vu comment son corps réagissait. Son pouls s'emballait, son sang s'accumulait, son visage rougissait...

Heureusement, elle était encore sous forme dragonne.

Elle recula vers le bord des ombres projetées par les collines et racla le sol. Si seulement elle était un peu plus grande. Mis à part son long cou et sa queue, elle faisait presque la même taille quand elle était humaine. Dans d'autres parties du monde, il y avait encore des dragons métamorphes qui étaient gigantesques. Mais pour tous ceux de son arbre généalogique, la transformation ne modifiait pas vraiment la masse corporelle, juste leur aspect.

Elle souffla vers Trey, essayant de produire une petite flamme.

Bien sûr, elle échoua misérablement et lui en voulut un petit peu plus.

Bonjour, Kaya, mon cul. La seule personne qui l'avait accueillie aussi chaleureusement était son arrière-grand-mère, celle qui y voyait mal et dont l'esprit était distrait.

Elle secoua vivement ses ailes et remua ses serres pour plus d'effet. Ce loup suffisant comprendrait vite à quoi il avait affaire. Impossible que Trey soit aussi tranquille et décontracté qu'il le prétendait. Elle l'observa de plus près et ricana.

Ses pupilles étaient dilatées, et sa pomme d'Adam monta et descendit quand il déglutit. Donc, oui, elle n'était pas la seule avec le cœur battant, ici.

Elle sourit, dévoilant des crocs aussi gros que ses doigts.

Et que fit cet enfoiré ?

Il s'appuya nonchalamment sur le capot de la voiture, comme si se balader avec tous ces muscles était épuisant. Basculant son chapeau de cow-boy vers l'arrière, il referma les pouces sur les poches de son jean. Ses cheveux châtains étaient ébouriffés, s'accordant parfaitement à l'homme de ses rêves qu'elle voyait depuis dix ans.

— Ravi de te revoir, dit-il comme si elle avait *accepté* de le retrouver au milieu de nulle part.

Elle souffla et fouetta l'air avec sa queue.

Il sourit.

Il *sourit*, comme s'il commençait toutes ses journées avec des courses poursuites à grande vitesse et des gargouilles. Elle avait parcouru Las Vegas juste à temps pour voir tout le spectacle du ciel, même si elle n'avait pas osé se montrer en plein jour. La magie qui empêchait les humains de voir les gargouilles, quelle qu'elle soit, ne fonctionnait certainement pas sur elle. C'était déjà assez risqué d'atterrir dans ce coin isolé du désert et se dévoiler à Trey.

Concentre-toi, putain ! Allez !

Elle secoua la tête et s'exhorta à maintenir le cap, c'est-à-dire rester calme et nonchalante. La vie de sa sœur en dépendait, ce qui signifiait qu'elle avait besoin du téléphone de Karen et du numéro enregistré dessus. C'était une question de vie ou de mort, pas du sexe le plus hallucinant qu'elle avait eu.

Elle se racla la gorge, émettant un grondement de dragon, et se transforma… lentement. Rangeant ses ailes, elle rétracta ses griffes et laissa ses écailles rentrer dans sa peau. Le processus la brûlait, comme d'habitude, mais elle l'ignora, gardant une ligne d'écailles sur sa poitrine alors que le reste de son corps reprenait forme humaine. C'était déjà assez terrible de devoir négocier avec ce Délicieux Cowboy, elle n'allait pas en plus le faire toute nue. Enfin, pas totalement nue, du moins.

Il la parcourut du regard comme s'il cherchait à mémoriser chaque courbe. Comme s'il voulait vivre ce moment pour toujours. Ses yeux luisaient. Il passa rapidement sa langue sur ses lèvres, les faisant briller, et le blanc de ses dents apparut quand il les mordilla.

Il la reluqua un peu plus encore, la lueur dans ses iris disant qu'il revendiquait ce territoire comme le sien.

— Comment s'est passé ton vol ? demanda-t-il.

Elle serra les poings et les relâcha encore et encore, en rythme avec sa respiration.

— C'est ma voiture, répondit-elle.

Il regarda en arrière comme s'il avait oublié qu'elle était sous ses fesses et tapota le capot des deux mains.

— C'est la mienne maintenant.

— Elle est à moi !

Le soleil se hissait de plus en plus vers son zénith, et son morceau d'ombre recula encore un peu. Ils allaient mourir cramés s'ils passaient toute la matinée à se disputer ici.

— Et comment je sais que tu ne l'as pas volée ?

Elle tapa du pied.

— C'était la voiture de mon grand-père !

Il ne cilla même pas.

— Sérieux ? Tu as volé la caisse de ton grand-père ? C'est vraiment pas cool.

Elle crachota.

— J'en ai hérité quand il est mort, d'accord ? C'est la mienne !

Bordel, sa voix tremblait, comme chaque fois qu'elle pensait à lui. Il avait été le métamorphe dragon le plus doux et gentil qu'elle ait jamais connu.

Le sourire du beau gosse disparut et il inclina la tête, l'examinant. Il laissa une minute passer, lui donnant l'occasion de se ressaisir avant de reprendre la parole.

— Un dragon avec une décapotable vintage ?

Elle haussa les épaules.

— Il a pris sa retraite à Palm Springs après le décès de ma grand-mère.

La Jaguar était presque le seul petit plaisir qu'il s'était offert, cependant Trey n'avait pas besoin de cette information. Et il n'avait clairement pas besoin de savoir ce qui se trouvait dans la boîte à gants.

— De mon point de vue, c'est ma voiture à présent.

Il passa un doigt sur la bordure en chrome du phare.

— La plus chère que j'ai jamais achetée. Quatre-vingt-dix mille.

Une boule se forma dans sa gorge. Bon, bien sûr, il avait noté la disparition des gains.

— J'ai besoin de cet argent.

— Et moi aussi, répliqua-t-il.

— C'est important.

Il leva un sourcil parfait, passant de cowboy délicieusement mignon à sexy hors-la-loi. Il pouvait prendre toutes les nuances de la beauté avec de simples gestes, et il n'en était probablement pas conscient.

Elle se fit aussi grande que possible.

— Je t'ai sauvé la vie.

— Je ne suis pas sûr que ça valait autant d'argent, poussin, dit-il en souriant. Et quoi qu'il en soit, tout ce dont je me souviens, c'est de m'être fait attaquer par deux métas ours, avant de me faire bombarder par des gargouilles. Et tu n'étais pas vraiment là pour me sauver.

— Ils ont empoisonné ton verre au casino. Ils t'auraient traîné jusqu'aux fosses de combat si je n'avais pas... euh... si je...

Elle perdit un peu de sa fougue, cherchant ses mots, parce qu'elle ne voulait vraiment pas avouer clairement la vérité. « Si je ne t'avais pas entraîné par monts et par vaux pour les semer avant de te ramener à l'hôtel, où on a baisé comme des bêtes pendant une bonne partie de la nuit. » ou « Si je n'avais pas haleté au-dessus de chaque centimètre de ton corps dur comme jamais auparavant. »

— Je... euh..., bredouilla-t-elle.

— Les fosses de combat ? demanda-t-il avant de secouer la tête et d'ignorer sa propre question. Une seconde. Tu ne me sembles pas être du genre à jouer. Que faisais-tu au casino, déjà ?

— Comme j'ai dit, j'ai besoin de l'argent.

— Besoin de voler *mon* argent ?

— Je peux tout expliquer, assura-t-elle en se gigotant sous son regard.

Il cala une cheville sur l'autre et croisa les bras. Ses yeux suivirent ses longues jambes nues, puis il afficha un petit sourire suffisant.

— Je t'en prie. Explique.

— Bordel, donne-moi au moins un T-shirt.

Elle croisa les bras sur sa poitrine. Sa peau de dragonne la démangeait méchamment, et il était difficile de se concentrer tout en s'accrochant à ses restes de transformation.

Les lèvres de Trey luisirent.

— On est pudique, tout à coup ?

Elle grimaça, se rappelant les bruits et mots qu'elle avait émis la veille au soir. Les cris. *Oh, Trey ! Plus fort ! Plus profond !*

— OK, alors, enlève ton jean, le défia-t-elle. Pour nous mettre sur un pied d'égalité.

Pendant une seconde horrible, il agita les doigts dans ses poches et ses yeux brillèrent. Il tripota son col comme s'il songeait vraiment à se déshabiller.

Les tétons de Kaya se dressèrent et son visage la brûla, sa peau très certainement devenue rouge tomate. Elle avait déjà vu son lot d'hommes nus dans sa vie, pourtant, Trey provoquait des réactions totalement différentes dans ses tripes. Se souvenir de lui, nu dans les ombres chuchotantes de la nuit, était une chose. Se délecter de ce spectacle en pleine journée...

Elle expira, l'air soufflant sur son visage, essayant de se calmer.

Trey finit par abandonner l'idée, Dieu merci. Il recula de deux pas, chercha quelque chose sur le siège arrière, et lui lança un T-shirt. L'enfoiré eut même la décence de détourner les yeux alors qu'elle l'enfilait. Ce serait tellement plus facile de le mépriser s'il jetait un coup d'œil, se moquait, ou la reluquait malicieusement. Mais non, il jouait au gentleman, avec du charme et de l'esprit.

Maudit, maudit, maudit soit-il.

Elle tira l'ourlet aussi bas que possible.

— Tu veux ton pantalon ? demanda-t-il.

Elle marqua un temps d'arrêt. Comment diable avait-il réussi à emporter ses affaires tout en échappant aux chasseurs de primes ?

Son pantalon suivit, atterrissant sur son bras tendu.

— Culotte ? offrit-il en souriant, la faisant tourner autour de son doigt.

Elle l'attrapa et l'enfila alors qu'il fouillait dans un sac à dos.

— Je crois que j'ai aussi un soutien-gorge quelque part...

Une partie d'elle souhaita qu'il parle de celui d'une autre femme, parce qu'ainsi il serait tellement plus facile de faire ce qu'elle devait faire... c'est-à-dire l'arnaquer, lui voler son argent et récupérer son portable, ses vêtements, et oui, bien sûr, la voiture.

Mais, non. Il sortit son soutien-gorge en dentelle noire du sac, comme si c'était un gage de réconciliation.

— Oui, le voilà.

Elle le prit et le fourra dans sa poche arrière, avant de tapoter l'autre. Où était son téléphone ?

— Donc..., reprit Trey en se reposant de nouveau contre la portière côté conducteur.

Il la bloquait au cas où elle déciderait de s'enfuir avec en vitesse, certainement.

— Explique.

Elle fit appel à toute la dignité qui lui restait.

— Je ne te dois pas d'explications.

— Non, tu me dois quatre-vingt-dix mille balles, répliqua-t-il sans aucune amertume. Tu peux me donner ça à la place.

Un poids s'abattit sur les épaules de Kaya, parce qu'il venait d'énoncer la franche vérité. Elle avait volé un innocent. Enfin, innocent de tout sauf du fait qu'il était sexy en diable et qu'il avait couché avec elle au premier rencard, drogué. Elle l'avait laissé seul face à son destin, aux mains de deux brutes. Elle l'avait vu lutter pour sa vie contre un trio de gargouilles...

Bordel, qu'avait-elle fait ?

— Et pourquoi as-tu besoin d'une voiture alors que tu peux voler ? demanda-t-il. Et pourquoi ces gargouilles la poursuivaient-elles ?

Elle frotta ses yeux avec ses paumes, essayant de nouveau d'échapper à la réalité. Les gargouilles travaillaient pour les malfrats qui avaient sa sœur. Elles avaient suivi sa piste à la seconde où elle était entrée dans Las Vegas, et elle avait déjà réussi à les repousser une première fois. Elles avaient dû surveiller la voiture, attendant son retour.

Un pas se fit entendre près d'elle, et quand une main douce glissa sur ses épaules, il lui fallut faire appel à toutes ses forces afin de ne pas s'appuyer dessus pour un peu de réconfort.

— Hé, murmura Trey. Que se passe-t-il ?

Elle déglutit, prit une profonde inspiration, puis s'obligea à lever le menton et dire la vérité.

— J'ai besoin de la voiture pour ma sœur. Elle ne peut pas voler.

Il inclina la tête.

— Demi-sœur, corrigea-t-elle en haussant les épaules.

Elle n'avait pas besoin de lui dire quelle était l'autre moitié... au cas où.

Il hocha la tête comme si ses mots ne lui semblaient pas du tout dingues.

— Elle a des problèmes ?

Sa voix était basse et grondante, comme le Lone Ranger sur le point de monter en selle et de filer pour sa prochaine mission.

— On peut dire ça.

Elle reniflait maintenant, et bon sang, il n'y avait aucune raison. Redressant les épaules, elle le regarda dans les yeux, profondément... derrière la compassion et l'inquiétude, derrière la lueur soucieuse. Pouvait-elle se fier à lui ?

Ses yeux étaient d'un bleu océan à présent.

*Tu peux me faire confiance.*

Elle résista encore un peu, puis céda. Qui avait-elle d'autre, à part lui ?

— Ma sœur est arrivée à Las Vegas il y a quelques semaines.

Elle secoua la tête au souvenir de ce premier appel, durant lequel Karen s'était extasiée du fait qu'elle passait un super moment et avait rencontré un type génial.

— Elle a gagné un peu d'argent aux machines à sous, puis en a perdu encore plus. Et encore plus.

Kaya grimaça. Seigneur, comment sa sœur avait-elle pu être aussi stupide ?

— Elle a donc emprunté de l'argent à un type qu'elle venait de rencontrer, et elle l'a perdu également...

Il hocha la tête alors qu'elle expliquait. Toute cette histoire était tellement prévisible, franchement. Sauf pour les détails, mais elle ne comptait pas les évoquer.

— Elle m'a ensuite appelée, dans tous ses états. On menaçait de la tuer tant qu'elle ne rendait pas l'argent, et si elle ne le ramène pas avant ce soir...

Trey fronça les sourcils quand elle ne termina pas sa phrase.

— Alors quoi ?

Elle agita les mains, souhaitant pouvoir laisser le reste de côté.

— Il dit qu'il la forcerait à rembourser. De la manière la plus facile.

Elle mima des guillemets sur le dernier mot, frissonnant à l'idée que sa sœur puisse être offerte comme objet sexuel à n'importe quel client.

Trey lui prit la main et la pressa un tout petit peu.

— Et la police ?

Elle secoua la tête.

— Ce sont des métamorphes. On ne peut pas impliquer la police.

Elle se dépêcha d'enchaîner avant qu'il ne demande trop de détails, comme la catégorie de métamorphe qui était concernée.

— Donc, j'ai besoin de quatre-vingt-mille dollars pour...

Il grommela et leva les yeux au ciel.

— Quatre-vingt-dix.

— Quoi ?

Il frotta ses paumes sur les poils de ses joues.

— Ils ont appelé ce matin, et j'ai dû bluffer...

— Tu quoi ? s'exclama-t-elle en sursautant.

Il haussa les épaules.

— Le téléphone a sonné, un type demandait de l'argent, une femme criait...

Sa sœur avait crié ? Son ventre se noua.

— Je devais faire quelque chose, donc j'ai dit qu'ils pouvaient avoir cinq de plus.

— Cinq de plus ?

Il hocha la tête.

— Mais le gars est monté jusqu'à dix...

— Tu marchandais pour ma sœur ? s'écria-t-elle.

— Qu'étais-je censé faire d'autre ?

S'il n'avait pas eu l'air si triste, elle aurait pu le gifler. Elle se contenta d'une petite tape sur son épaule musclée et essayant d'ignorer le crépitement que ce contact renvoya à travers son corps.

— Qu'a-t-il dit ?

Il fit la moue, comme un chiot qu'on réprimandait.

— Minuit. Nous avons jusqu'à minuit.

Elle sursauta. « Nous ». Venait-il vraiment de dire « Nous » ?

— Donc, continua-t-il en hochant la tête. Quel est le plan ?

Et aussi simplement que ça, elle passa de demoiselle en détresse à chef d'une brigade de secours. Une brigade toute petite constituée d'un dragon et d'un loup.

Ou plutôt d'une dragonne nerveuse et d'un grand loup redoutable.

Elle examina son regard une nouvelle fois. C'étaient les mêmes yeux qui avaient soutenu les siens dans ce moment féérique, à leur rencontre. Les yeux qui l'avaient remerciée pour ce qu'elle avait fait pour lui... et pour ce qu'elle lui avait laissé faire, la nuit précédente, au lit.

Ces yeux la scrutaient à présent, jurant qu'il pensait chaque mot.

Elle aurait pu très bien s'y noyer s'il n'avait pas incliné la tête pour déclarer d'une petite voix :

— Je vais t'aider. Je serai ravi de t'aider.

C'était lui qui disait ça, et c'était elle qui s'étranglait, incapable de parler. Et s'il était celui qui offrait un câlin, elle était celle qui bondissait dans ses bras et enroulait fermement les siens autour de lui.

C'était fou, ce pouvoir qu'il avait sur elle. C'était fou de lui faire autant confiance. Pourtant, toute cette situation même était folle, non ?

Elle prit une profonde inspiration, s'extirpa de son étreinte et leva un doigt.

— Je reviens tout de suite.

La lueur rêveuse dans son regard fut rapidement remplacée par de l'inquiétude.

— Où vas-tu ?

Elle commença à se déshabiller de nouveau. En vitesse, avant de trop réfléchir à son plan de dingue.

— Tiens-moi ça. Et ça, dit-elle en lui tendant son pantalon, puis sa culotte.

— Euh...

— Je reviens tout de suite.

Elle essaya de prendre ce ton confiant et décontracté que lui maîtrisait.

Elle renifla l'air, puis bondit. Se transformant en plein saut, elle emprunta le courant d'air ascendant et s'envola vers la colline, se disant qu'elle n'était pas totalement folle. Cinq minutes plus tard, elle était de retour du plateau où elle avait dissimulé les gains. Elle laissa tomber lourdement le sac en toile sur le capot de la voiture et rétracta ses griffes. Se transformant directement, elle reprit ses vêtements des bras de Trey et les enfila. Rapidement.

— Passons un marché, beau gosse, dit-elle en essayant de paraître grande et dure à cuire.

Il leva un sourcil parfait et attendit patiemment, comme s'il répondait à ce genre d'offres tous les jours.

— Ce n'est pas exactement un marché équitable, avoua-t-elle, mais c'est le mieux que je puisse faire.

— J'écoute.

— Aide-moi à libérer ma sœur, et je te donnerai la voiture.

— Et si je n'en veux pas ?

Ce n'était pas une menace ; c'était un murmure. Ses yeux étaient rivés sur ses lèvres, son expression pensive.

La chaleur du désert palpitait entre leurs deux corps, et les genoux de Kaya chancelèrent. De la même façon que lorsqu'elle avait posé le regard sur lui la première fois au casino et senti son sang lui monter à la tête, comme si elle avait fait la roue ou retenu sa respiration trop longtemps.

Trey se pencha plus près et elle s'étira jusqu'à ce que leurs bouches ne soient qu'à quelques centimètres l'une de l'autre. Un centimètre de trop, donc elle mit ses mains sur son torse et l'attira pour un baiser. Un baiser qui reprit là où ils l'avaient laissé la nuit précédente. Il ne fallut pas longtemps pour qu'elle lève la jambe et rapproche ses hanches...

C'était tout aussi bon que leur tout premier baiser. Peut-être même mieux, parce qu'ils avaient tous les deux l'esprit clair, ou du moins autant que possible pour deux personnes avec une force invisible qui gravitait autour d'eux, les poussant l'un vers l'autre. Un baiser parfait qui serait resté gravé dans ses souvenirs, elle en était sûre, si elle n'avait pas senti les oreilles de Trey tressaillir. Elle dilata les narines et il tourna vivement la tête sur le côté.

— Nous avons de la compagnie.

Elle cligna un peu des yeux, et quand son esprit se vida assez pour assimiler autre chose que la joie et la chaleur, elle entendit aussi. Un moteur. Plusieurs, en fait.

Trois Hummer noirs apparurent au virage, et Trey recula d'un pas, bloquant son champ de vision.

Il jeta le sac en toile à l'arrière de la voiture, puis referma un bras derrière lui et se plaça en bouclier devant elle.

— Tu attendais quelqu'un ? demanda-t-elle en tendant le cou au-dessus de son épaule.

Il secoua la tête.

— Non, mais s'ils ont vu le combat contre les gargouilles...

Il ne termina pas sa phrase, néanmoins elle pouvait la compléter par elle-même. Peut-être n'était-elle pas le seul être surnaturel à avoir été témoin de la course-poursuite et à l'avoir traqué jusqu'ici.

Elle pouvait sentir le pouls de Trey s'emballer.
— Tu connais ces types ?
Il plissa les yeux vers le logo sur les portières et se raidit.
— Je les connais, oui.
— C'est bon ou mauvais ? tenta-t-elle.
Il inclina la tête vers la gauche, puis vers la droite.
— Je n'en suis pas encore sûr.

# Chapitre 7

Trey garda Kaya près de lui alors qu'une demi-douzaine d'hommes descendait des Hummer. Les narines testèrent l'air tout comme il l'avait fait : des loups reniflant un loup.

Et pas n'importe lesquels, comme le montrait le logo *Lone Wolf* sur le flanc des voitures.

S'il n'avait pas été si occupé à soutenir le regard des métamorphes qui arrivaient, il se serait avachi sous la défaite. Tout le monde l'avait averti des dangers d'un road trip à travers le pays, n'est-ce pas ? « Évite les ennuis », avait dit son père quand il avait entamé son voyage vers la côte est. « Évite les ennuis », l'avait prévenu sa cousine Lana en lui disant au revoir aux portes du Twin Moon Ranch. Il avait travaillé là-bas quelques mois avant de continuer ses aventures dans l'ouest.

Et le voilà, tapi au milieu des problèmes. Des voyous, une course-poursuite, une dragonne... Il n'avait pas mis les pieds dans les ennuis, il avait plongé dedans la tête la première.

Il secoua la tête. Il aimait la partie sur la dragonne. Le reste... eh bien, le reste était un beau bordel.

Encore plus maintenant, parce que le casino Lone Wolf était dirigé par la meute de Westend, et qu'on l'avait averti à leur sujet. Une meute qu'il aurait totalement évitée s'il n'était pas entré dans Las Vegas.

Mais non. Il était là, se tenant fermement aux côtés d'une dragonne, plaqué par une force invisible qu'il n'était pas encore prêt à reconnaître.

Comment les loups de Westend l'avaient-ils trouvé ? Eh bien, maintenant qu'il y réfléchissait, un bolide de sport rouge dérapant à travers la ville aurait pu attirer leur attention, et il avait laissé une traînée de poussière sur son passage sur cette route de terre. En plus, si la meute de Westend était aussi puissante qu'il l'avait entendu dire, ils avaient des espions métamorphes partout. Des aigles. Des coyotes. Bordel, peut-être même que ce satané lièvre qu'il avait failli écraser quelques kilomètres plus tôt l'avait dénoncé.

Huit mecs costauds en jeans et T-shirts blancs formèrent un cercle autour de Kaya et lui, croisant leurs bras poilus. L'un d'eux grommela et dévoila la pointe de ses dents.

— Suivez-nous.

Un ordre, pas une requête. Trey monta dans la Jaguar avec elle et ils reprirent le chemin par lequel ils étaient venus. Ils furent secoués tout le long de la route poussiéreuse jusqu'à finalement retrouver le goudron dur, et enfin l'autoroute qui les ramènerait à Las Vegas. Il observa le ciel du désert pâle à la recherche de gargouilles, mais elles avaient l'air d'avoir lâché l'affaire.

Pour l'instant, du moins.

Faisant semblant de bâiller, il tendit le bras à l'arrière et fit tomber le sac sur le sol de la voiture, hors de vue.

Kaya se mordilla la lèvre.

— Qui sont ces types ?

— La meute de loups de Westend.

Il essaya de paraître nonchalant, comme s'ils roulaient sur une autoroute pittoresque et non pas vers un destin incertain. Et comme s'il n'avait pas embrassé Kaya là-bas. Il ne l'avait pas simplement embrassée, il l'avait *dévorée*. Serrée dans ses bras. Revendiquée.

Elle fronça les sourcils, ses doigts occupés à repousser les cuticules de ses ongles.

— Ce sont des gentils ou des méchants ?

C'était exactement la question qu'il se posait.

— Selon ma cousine, un peu des deux.

Elle lui lança un regard exaspéré qu'elle semblait bien maîtriser.

— Donc, tu ne les connais pas ?

— Pas vraiment.

— Pas vraiment ? s'exclama-t-elle levant les mains.

— Écoute, je ne sais pas grand-chose des dragons, mais la politique des loups est parfois un peu compliquée.

— Compliquée ?

— Compliquée.

Il n'en dit pas plus alors qu'ils suivaient la voiture de devant dans une zone industrielle en périphérie de la ville. Peu de temps après, ils ralentirent devant un grand portail de fer qui roula lourdement sur le côté. Il garda la Jaguar au point mort pendant un long moment, n'étant pas pressé d'entrer, chaque poil sur sa nuque se hérissant.

Merde. Sa cousine Lana l'écorcherait vif si elle apprenait qu'il avait croisé la route des loups de Westend. Sa puissante meute d'Arizona était officiellement alliée avec elle, cependant c'était au mieux une relation professionnelle. Une relation plutôt tendue, de ce qu'il avait compris après les mois passés chez sa cousine. Si Lana, ou pire, son compagnon, le chef dur à cuire de Twin Moon Ranch, découvrait qu'il était ici...

Le Hummer derrière lui fit vrombir son moteur, lui signalant d'avancer sur le territoire de la forteresse.

— Tu ne crois pas qu'ils vont nous aider ? demanda Kaya.

Il força ses doigts à ne pas s'agiter sur le volant.

— S'ils ont quelque chose à y gagner...

Il la dévisagea, et elle baissa les yeux au sol.

Merde. Il n'y avait clairement aucun bénéfice à tirer pour ces loups cupides dans cette histoire.

Une pensée lui traversa l'esprit. Pourquoi s'en mêlait-il lui aussi ?

Comme si elle lisait dans sa tête, elle prit sa main et chuchota :

— Je suis désolée de t'avoir embarqué là-dedans.

Scrutant ses yeux inquiets, il se rendit compte qu'il n'était pas désolé. Pas du tout.

— Tout ira bien, répondit-il en faisant de son mieux pour paraître confiant. Nous avons l'argent...

Voilà qu'il le disait encore. « Nous ». En entendant ce mot, son loup fredonna de satisfaction.

— S'ils ne le trouvent pas avant, répliqua-t-elle en jetant un regard inquiet vers l'arrière.

Il secoua la tête, essayant de rester positif.

— Nous avons le numéro de téléphone pour les aiguiller vers les kidnappeurs déjà... et l'argent de ta sœur. Tout ce qu'on a à faire, c'est les convaincre que nous ne sommes pas ici pour empiéter sur leur territoire, et ensuite on pourra se concentrer sur elle, d'accord ?

C'était plus facile à dire qu'à faire. En particulier quand un des loups le pressa hors de la voiture vers un grand escalier, avant de le fouiller dans le couloir. Ils fouillèrent aussi Kaya, jusqu'à ce qu'il gronde assez fort pour que le type la relâche.

*Pas touche à ma femme.*

Ils furent guidés à travers un couloir orné où étaient suspendus des rideaux dorés un peu ringards, avec d'énormes pampilles assorties... le genre qu'il aurait adoré effilocher quand il était jeune loup. Kaya se rapprochait de lui à chaque pas. D'immenses portes s'ouvrirent devant eux, et ils entrèrent dans une gigantesque salle de réception aux murs recouverts de miroirs et d'encore plus de tentures dorées. Une tentative de reproduction misérable du palais de Versailles qui devait dater des années quatre-vingt-dix, et qui servait surtout à étaler ses richesses pour impressionner les visiteurs.

Deux marches menaient à une sorte de dais où était assis un vieux métamorphe grisonnant qui le fusillait du regard. Roric, l'alpha de la meute de Westend. Le loup costaud qui les avait guidés sortit le portefeuille qu'il avait confisqué à Trey et lut son identité.

— Trey Dixon.

Trey grimaça alors que l'alpha plissait les yeux vers lui.

— Dixon ? grogna-t-il.

OK, ce n'était pas un très bon début. Il n'avait d'autre choix que de hocher la tête, cependant.

— De la même famille que Lana Dixon ? continua l'alpha en fronçant un sourcil.

— Ma cousine.

Moins il donnait de détails, mieux ce serait. La situation était déjà assez compliquée.

— Et vous êtes ici parce que... ? l'encouragea Roric.

*Parce que vos brutes m'ont trouvé dans le désert et m'ont forcé à les suivre jusqu'ici ? Parce que je m'occupais de mes affaires jusqu'à ce que je rencontre cette magnifique dragonne, et que tout est parti en couilles après ça ?*

— Eh bien, je...

Il chercha une réponse.

— On ne fait que passer, intervint Kaya.

Sa main tremblait dans la sienne, néanmoins elle se tenait droite et fière, comme si elle affrontait de puissants alphas tous les jours. Elle pressa fortement la main de Trey, ce qui accéléra son pouls et fit manquer quelques battements à son cœur.

Il sauterait d'une falaise pour elle, et il ne savait même pas pourquoi. C'était effrayant de voir que son loup s'était si rapidement investi avec elle.

— Vous ne faites que passer, répéta l'alpha, suintant l'incrédulité.

Trey leva les mains.

— Vraiment. Nous devons simplement nous occuper d'une petite affaire, et ensuite...

Roric plissa les yeux.

— Une affaire ?

Kaya se dépêcha d'ajouter :

— Je dois juste retrouver ma sœur...

L'alpha leur lança un regard insistant au mot « retrouver ».

— Récupérer ! se corrigea-t-elle en vitesse. Récupérer ma sœur ce soir.

À la façon dont Roric les étudiait, Trey décida qu'il valait mieux garder le plus d'informations possible secrètes. Pas besoin de compliquer les choses en parlant d'ours chasseurs de primes, de sœurs endettées ou de quoi que ce soit d'autre.

— Après ça, nous disparaitrons d'ici, ajouta-t-il.

Roric lui jeta un regard si noir et si intense qu'il aurait pu projeter des lasers et trouer son T-shirt si un nouveau loup n'était pas entré pour les interrompre. Il s'approcha de l'alpha et murmura quelque chose à son oreille.

*Quoi, encore ?*

Trey échangea un coup d'œil avec Kaya.

— Il semble que j'ai une affaire plus importante à régler, finit par grogner Roric.

— Pas de souci. On va vous laisser et...

— Vous ne ferez rien de tel, répliqua-t-il.

Kaya recula d'un pas alors que Trey lui lançait un regard mauvais. Ce n'était pas très intelligent de faire ça avec un alpha hostile, cependant il n'était pas vraiment d'humeur à être poli envers le type qui venait de grogner sur sa... sa...

*Compagne,* termina son loup.

*Connaissance,* insista son côté humain.

Son loup ricana et secoua la tête.

— Vous profiterez de l'hospitalité de la meute de Westend, répondit Roric d'un ton autoritaire. Je m'occuperai de vous...

Il consulta sa montre.

— Après le dîner. Dans quatre heures.

Il tapa dans ses mains et deux gardes se dépêchèrent de mener Trey et Kaya par une porte latérale, où ils furent immédiatement interceptés par une brunette pulpeuse. Une toute petite femme, avec des yeux affamés qui reluquèrent Trey de haut en bas.

— Je prends le relais, les gars, annonça-t-elle aux gardes.

Les deux reculèrent un peu et restèrent silencieux.

— Je m'appelle Sabrina, s'exclama-t-elle en s'insinuant entre Kaya et lui.

Le loup de Trey jappa à la chaleur étrangère qui colla à lui. Seigneur, étaient-ce ses seins qui s'écrasaient contre ses côtes ?

Elle manquait de peu de lui caresser les fesses alors qu'elle marchait à ses côtés, ignorant totalement Kaya.

— Roric est mon père, dit-elle avec un sourire de crocodile.

Traduction : « Fais-moi chier et tu auras affaire à lui. »

Trey se força à ne pas la repousser, même si son loup grognait en lui. Kaya avait du mal à ne pas sortir ses griffes. Il pouvait sentir sa colère bouillonner à sa gauche.

*Traînée.*

L'insulte intérieure de Kaya résonna si fort et si clairement dans son esprit qu'il tourna vivement la tête.

Holà. Venait-il d'entendre ses pensées ? Seuls les membres d'une même meute ou les couples prédestinés pouvaient faire ça.

*Elle ne fait pas partie de notre meute,* intervint son loup d'un air suffisant. *Ce qui veut dire...*

Il scruta Kaya, les yeux écarquillés, jusqu'à ce que quelque chose de répugnant serpente sur son bras. Il baissa la tête pour voir que Sabrina y enroulait le sien comme si elle comptait l'emmener pour une balade en plein après-midi. Une promenade qui finirait certainement dans sa chambre, à en juger par la façon dont la petite louve en chaleur collait ses hanches aux siennes.

Traduction : « Au fait, tu es libre de me prendre contre le mur le plus proche. »

Il jeta un coup d'œil aux gardes, à la recherche d'un peu d'aide.

Ces dernières ricanèrent et regardèrent droit devant eux.

— On dirait que tu as eu une longue journée, continua Sabrina en tapotant son torse et roucoulant comme un pigeon. Peut-être que tu aimerais te reposer.

Traduction : « Tu pourras me baiser toute l'après-midi. »

— Euh...

Elle le fit tourner au coin et au bout d'un long couloir.

— Ton amie peut utiliser cette chambre, indiqua-t-elle en montrant une porte ouverte.

Ses yeux parcoururent Kaya comme si elle la considérait comme une clocharde.

— Et tu peux venir avec moi dans...

Il dégagea son bras de la poigne de fer de la louve et fila dans la première pièce avec Kaya. Il ferma si vite qu'il eut à peine le temps de prononcer quelques mots devant le visage choqué de Sabrina.

— Ce sera parfait, merci !

*Bam !* La porte trembla sur ses gonds.

Il s'attendait presque à ce que la jeune femme les suive, folle de rage, mais il n'entendit que le pas lourd d'un garde et le cliquetis d'un verrou.

Il poussa un soupir et regarda autour de lui. Il semblait bien que tout ce qu'il trouvait à Las Vegas, c'était les problèmes.

— Et maintenant, quoi ? demanda Kaya.

Ils observèrent tous les deux la chambre. Il y avait un plateau de charcuterie et de pain sur une table basse, ce qui était plutôt sympa, même si les fenêtres derrière avaient des barreaux. Une porte menait à ce qui ressemblait à une salle de bain, et il y avait une alcôve avec un lit à baldaquin.

*King size,* souffla son loup d'un ton appréciateur. *Pendant quatre heures…*

Ses yeux se posèrent sur Kaya juste à temps pour voir son regard se river au sol.

Quoi encore, en effet.

# Chapitre 8

Kaya se mordit la lèvre et scruta le sol, n'étant pas sûre de savoir si c'était une situation positive ou négative après les tribulations de la journée.

Et avec Trey si près d'elle, tout son corps vrombissait. Ce côté était clairement un plus.

Mais les barreaux à la fenêtre et la porte verrouillée ? Ça, c'était... pourri. Elle frissonna à la pensée d'être piégée. Ce qui n'était pas une bonne chose, parce que Trey le vit et passa une main le long de son bras, renvoyant des étincelles dans toutes ses terminaisons nerveuses.

— Ça va ? demanda-t-il dans un grondement qui donnait l'impression qu'il voulait la dévorer toute crue.

— Très bien, répondit-elle d'une voix aigüe en s'écartant.

Seigneur, c'était comme la nuit précédente, quand elle avait perdu de vue son plan dès qu'il s'était trop rapproché.

— Euh, tu as faim ? lança-t-elle en montrant le plateau de nourriture.

Mauvaise question, parce que son regard de loup lui disait que oui, il était affamé.

Tout son corps s'échauffa, et elle ne put détourner les yeux de lui.

Un grondement monta dans sa poitrine de loup et un bourdonnement électrique emplit la pièce. C'était à peine audible, comme le bruit d'un millier d'éclairs qui s'abattaient et disparaissaient en chaîne dans leurs êtres. Elle se pencha, ses doigts la démangeant.

C'était comme durant leur rencontre, au casino, quand elle avait eu l'impression que tout l'univers s'était incliné pour la propulser dans ses bras. Elle n'avait pas non plus lutté. Pas du tout.

Mais là, c'était différent. Pas vrai ?

Elle secoua la tête, essayant de se libérer de cette attraction magnétique qui ne cessait de le pousser vers lui. Sa sœur avait des ennuis, une échéance pesait sur eux, et maintenant elle était prisonnière dans une tanière de loups. Ce n'était pas le moment de penser au contact agréable de sa peau contre la sienne, à la douceur de ses mains sur sa poitrine nue, à la profondeur de...

Elle sursauta, bondissant presque jusqu'au plafond.

— Euh... je vais juste... euh...

Son regard se riva sur la porte de la salle de bain ouverte et la cabine au fond.

— Je vais prendre une douche.

Une très froide.

Avant qu'il puisse lancer une quelconque protestation, et elle pouvait en voir une sur le bout de sa langue, elle fila dans la salle de bain, ferma la porte, et s'appuya contre. Le souffle haletant, comme si elle avait été poursuivie par le grand méchant loup et non par ses peurs. Jusqu'où pourrait-elle aller cette fois, si elle en avait l'occasion ? Quelle quantité de son affection lui donnerait-elle, et en combien de temps ?

*Douche froide.* Elle se déshabilla rapidement. Une douche extrêmement froide, c'était de ça qu'elle avait besoin. Suivie par un nouveau plan.

*Couche avec lui jusqu'à en perdre la tête, et après taille-toi de ce trou,* suggéra sa dragonne.

Elle tourna le robinet tout à droite, se débarrassa du reste de ses habits et entra dans la cabine. Elle poussa un petit cri aigu sous l'eau glaciale, s'accrochant au tuyau pour endurer le froid.

C'était si gelé qu'elle en eut mal à la tête. Sa peau devint rose vif. Elle perdit toute sensation dans ses orteils. Mais la palpitation, le besoin douloureux dans son corps, ne voulait pas disparaître.

Elle tourna le robinet sur le chaud. Peut-être que cela fonctionnerait.

Tout ce qu'elle réussit à faire, ce fut de bercer son esprit dans un brouillard. Elle ferma les yeux alors que la cabine se réchauffait, se disant que c'était la chaleur qui la faisait ronronner, et non le fantasme du contact brûlant de Trey. Se rappelant que c'était un pain de savon qui se déplaçait sur son corps et pas sa main.

Soudain, la porte de la douche s'ouvrit et un souffle silencieux d'air conditionné entra ; ce n'était plus un fantasme. Même sans regarder, elle savait que c'était Trey. L'homme sur qui elle avait posé les yeux pour la première fois la veille à peine, mais qui avait déjà volé son cœur.

— Kaya.

Étrangement, son murmure ne la surprenait pas. Au contraire, il lui réchauffa tout le corps.

— Kaya, répéta-t-il.

Elle garda le dos tourné et hocha légèrement la tête.

Le nuage de vapeur se rapprocha alors qu'il se déplaçait derrière elle et refermait la porte. Quand il passa une main dans son dos, elle manqua de ronronner.

— Je crois que tu as besoin de frotter un peu plus ici, dit-il si doucement qu'elle aurait pu ne pas l'entendre.

Bougeant à peine, respirant à peine, elle le laissa prendre le savon dans ses mains.

— Tu as clairement besoin d'être savonnée là, murmura-t-il en glissant dans son dos.

Elle serra plus les lèvres, tentant de ne pas gémir sous l'agréable sensation, sous ses tétons qui durcissaient ou sur l'humidité impatiente entre ses jambes. Elle essaya de ne pas tortiller les fesses contre lui et empoigna le robinet encore plus fort qu'avant.

— C'est bon, chuchota-t-il.

Elle comprit alors qu'il marmonnait pour lui-même, ce qui ne fit qu'attiser encore plus sa chaleur intérieure.

Le savon doux glissa autour de sa cage thoracique et fit lentement son chemin jusqu'à sa poitrine. Les doigts calleux de Trey frottaient juste comme il fallait. Parce que la délicatesse ne durerait pas longtemps, elle le savait. Il finirait par durcir et s'échauffer, tout comme son corps la suppliait.

Il soupesa son sein et dessina des cercles autour de son téton, encore et encore. Elle se cambra, l'encourageant à travailler des deux côtés alors que son membre dur tapotait impatiemment dans son dos.

Seigneur, elle voulait cet homme. Elle le voulait comme elle n'avait jamais rien voulu auparavant.

— Trey, murmura-t-elle. C'est tellement bon...

Un ronronnement satisfait chatouilla son oreille, et s'enfonça encore plus dans sa peau.

— C'est exactement ce que je pensais, promit-il d'une voix rauque.

Son grand pied se cala entre ses jambes et elle les écarta pour lui offrir assez d'espace. Trey récupéra de l'eau qui cascadait sur sa poitrine et la dirigea vers le bas, vers son entrejambe.

— Mon Dieu, Trey..., marmonna-t-elle en ruant vers lui.

Il reprit de l'eau au creux de sa peau et descendit plus bas encore. Et plus bas...

Son bras gauche, puissant et nerveux comme une branche d'arbre, s'enroula autour de sa taille. Les doigts de sa main droite glissèrent entre ses jambes, séparèrent ses replis et la titillèrent.

Elle bascula la tête en arrière, murmurant de manière inintelligible.

— Et ça ? demanda-t-il en la touchant. C'est bon ?

« Bon » n'était pas le mot pour les portes du paradis qui s'ouvraient dans un flash de lumière blanche.

Il glissa deux doigts au fond d'elle et les replia contre ses parois jusqu'à ce qu'elle miaule comme une chatte en chaleur.

— Oui, c'est bon, dit-il en hochant la tête.

Pas d'une façon suffisante, pas pour signifier qu'il détenait un pouvoir sur elle, mais dans un roucoulement d'émerveillement, de découverte.

— Et ça ?

Elle se raidit alors qu'un troisième doigt rejoignait les deux premiers. Quand elle haleta en regardant le plafond dans un cri silencieux, elle pria pour que Trey ne la voie pas. Un dragon avait droit à un peu de fierté, pas vrai ?

Il baissa le bras gauche sur son ventre, alors que les doigts à l'intérieur se courbaient vers eux, intensifiant la pression jusqu'à ce qu'elle hurle de plaisir. Elle saisit sa main et le poussa encore plus.

— Plus fort, dit-elle les dents serrées. Plus profond.

Il haleta lui aussi tout en s'exécutant. Deux doigts d'une main à l'intérieur, et un doigt de l'autre qui dessinait des cercles à l'extérieur, alors qu'elle tremblait et frémissait.

— Trey !

— Jouis pour moi, Kaya, dit-il dans un murmure grave, comme si c'était lui qui chancelait à la limite de l'orgasme et pas elle.

Elle ferma les yeux, imaginant son membre pousser durement en elle. Désirant jouir pour lui, pas pour elle seule. Quand il érafla son cou du bout des dents, elle jouit fort.

Ses propres grognements semblèrent rauques et lointains, et tout son monde trembla. Chaque muscle de son corps frissonna dans un abandon glorieux et enthousiaste. Vagues après vagues de plaisir l'engouffrèrent jusqu'à ce qu'elle devienne molle et larmoyante dans ses bras.

Une minute, elle était fatiguée comme jamais, et la suivante, elle pivota dans ses bras sous un deuxième souffle qui la poussa à l'embrasser plus fort que jamais. Plus profondément, avec sa langue tournant avec ardeur et ses mains tirant son corps contre le sien.

Sa jambe remontait déjà la sienne, ses doigts l'empoignant fermement.

— OK, cowboy, haleta-t-elle en mettant fin au baiser. Au lit.

Il leva un sourcil.

— Au lit ?

Elle releva plus haut la jambe, et pendant une seconde, elle pensa qu'il allait la soulever et la prendre là, contre le mur. Ce qui lui aurait convenu aussi, cependant elle désirait plus que ça ; elle voulait sentir toute la puissance de son poids en elle.

— Oui, au lit. C'est-à-dire : toi, moi, dans un lit.

Il empoigna ses flancs encore plus fort.

Il avait besoin d'être convaincu ? Elle allait lui donner de quoi. Elle baissa les lèvres à son oreille et murmura d'une voix rauque.

— Au lit. Que ce soit assez chaud et dur pour faire rougir un missionnaire.

Elle se remit sur pieds alors qu'un sourire complice se répandait sur le visage de Trey.

— Ça m'a l'air d'une bonne idée, souffla-t-il en entrouvrant la porte de la cabine de douche. Une très bonne idée, même.

*Chapitre 9*

Trey ne se rappelait que vaguement leur première nuit, la veille, et c'était sacrément dommage. Presque criminel, comme s'il avait dormi pendant Noël, le Nouvel An et son anniversaire d'un seul coup.

Donc, il observa, il écouta, renifla et mémorisa chaque détail. Des petites gouttes d'eau cascadaient sur le corps de Kaya alors qu'il se baissait pour la coucher sur le lit. Les yeux brillants, elle enfonçait ses doigts dans ses bras. Le parfum de son excitation se mélangeait au sien, créant un cocktail puissant qui faisait hurler son animal intérieur.

— Tu viens, loup ? dit-elle en chatouillant l'extérieur de ses cuisses du bout des pieds.

Oh, que oui.

— Tu viendras en premier, murmura-t-il. Et très, très vite.

Son souffle s'accéléra encore, et il remercia le ciel d'avoir rendu les dragons aussi lubriques que les loups.

Mais, bordel. Par où commencer ?

Son entrejambe vota pour se mettre directement au travail, alors que son loup criait de renifler plus près son cou et que ses mains suppliaient pour qu'on les laisse toucher de nouveau ces seins dressés et parfaits.

Il repoussa ces pensées, parce qu'il n'y avait qu'une seule bonne façon de commencer ça.

Avec un baiser.

Lentement. Son corps avait beau lui hurler de passer à la suite, son âme avait besoin de ce baiser.

Il glissa sur son corps, prit son visage entre ses mains, et baissa les lèvres. Fermant les yeux, il se délecta de ce souf-

67

fle qui s'échappa de sa bouche avant même qu'il commence. Une seconde plus tard, il soupirait à la sensation de cet accord parfait. Ses lèvres glissèrent sur le côté, puis s'ouvrirent, et Seigneur, quel goût elle avait. De pêche. De miel. De soleil, presque. Ses mains s'arrêtèrent d'errer sur ses côtes et la seule chose qui bougea pendant la minute suivante, ce furent leurs cœurs tambourinants et leurs bouches.

Jusqu'à ce que, à un moment, il sente presque son loup se pencher sur lui et lui taper l'épaule pour dire :

*Hé, mon pote. Tu as eu ton baiser. Maintenant, je veux le mien.*

Le baiser devint alors plus frénétique, plus tout, encore et encore, tellement que la dragonne de Kaya sembla tout aussi heureuse de suivre.

— Dis-moi ce que tu veux, lâcha-t-elle entre deux baisers durs et profonds. Dis-moi ce que tu aimes.

— Je te veux, toi, marmonna-t-il en glissant sur son corps pour embrasser son cou.

*Je veux lécher,* ajouta son loup. *Pincer, juste un peu. Peut-être même mordiller...*

Il tira sur une laisse invisible et descendit plus bas encore, ignorant les protestations de son animal.

*Je ne faisais que renifler ! Je le jure !* râla-t-il.

Il secoua la tête. Il était évident que c'était plus que du bon sexe... du sexe vraiment, vraiment bon qui faisait s'envoler son cœur et son âme. Mais hors de question de laisser son loup intérieur saisir cette occasion pour faire quelque chose d'irréfléchi. S'il y avait réellement une vérité, dans cette notion de compagnons destinés...

*Bien sûr que oui !* siffla son loup.

Et si Kaya était vraiment sa compagne prédestinée...

*Bien sûr qu'elle l'est !*

Ils en parleraient plus tard, comme un couple d'adultes rationnels, pas des métamorphes au sang chaud.

*Parler ?* ricana son loup. *De quoi y a-t-il besoin de parler ?*

De tout. Comment un loup et un dragon pouvaient-ils mener une vie ensemble... ?

*Comment pourrait-on ne pas mener de vie ensemble ?*

Il lutta pour trouver une réponse. Pour une fois, le loup lui posait une colle.

Eh bien, peu importe. Il repoussa sa bête. Il garderait cette question pour plus tard. Pour l'instant, il laisserait leurs corps apprendre à se connaître de la meilleure des façons. Et pour mémoriser chaque courbe régulière, chaque ligne délicate, chaque arête dure.

— Dis-moi ce que tu veux que je fasse, murmura Kaya en passant les mains sur ses épaules.

Il se baissa, embrassant sa clavicule. Sa poitrine se souleva sous ses respirations profondes et affamées.

— Ça.

Il l'embrassa et descendit jusqu'à ses seins.

— Je veux ça.

— Ça ?

Le mot se transforma en petit cri aigu alors que ses lèvres harponnaient son téton.

Il lécha en cercle, la plaquant au matelas de son corps.

— Ça. Je veux que tu restes couchée et que tu me laisses t'explorer.

Elle répondit dans un gémissement plein de désir.

— Je veux étudier chaque partie de toi.

Il mordilla la chair en dessous de son sein charnu.

Kaya soupira de plaisir, le soulevant sous une longue inspiration.

— Je veux te toucher. Partout.

Elle ouvrit les genoux dans une invitation et son loup hurla.

Il glissa le nez sur son ventre, renifla profondément, et descendit encore, entre ses jambes.

La nuit précédente, il avait été groggy par une sorte de drogue ; cette fois, il l'était par le parfum de sa peau et l'exaltation qui émanait de chaque pore. Par les petits miaulements que Kaya émettait quand il écartait ses replis et laissait sa langue y plonger.

Elle avait beau être un dragon, elle criait clairement comme un chaton quand il l'excitait.

Il leva les yeux.

— Est-ce que c'est bon ?

Elle serra les mains sur les draps. Sa tête était basculée en arrière, et son souffle était haletant.

— Je prends ça pour un oui, pouffa-t-il avant d'y retourner.

— Trey… dit-elle en tirant sur ses épaules. Je vais bientôt jouir.

Il donna un coup de langue vers le haut une dernière fois, la goûtant à pleine bouche. Il était si proche lui aussi… tellement qu'il en avait mal.

— S'il te plaît.

Quand elle leva la tête, la ligne de ses abdominaux monta comme la crête d'une montagne.

— En moi. J'ai besoin de toi en moi.

Il s'écarta de son paradis pour se remettre le long de son corps.

— Prête ?

Il écarta ses jambes en grand pour faire de l'espace pour son membre.

Kaya secoua la tête, un sourire délicieux se dessinant sur ses lèvres.

— Comme si tu avais besoin de demander.


∞∞∞


Kaya serra les jambes autour de Trey, n'ayant jamais été aussi prête de sa vie. Plus que prête, parce que son esprit était déjà deux étapes plus loin, imaginant son membre chaud en elle.

Quand il le fit, elle haleta. Il était si large, si dur, et la douleur était tellement, tellement bonne. Peau contre peau, parce qu'elle se fichait royalement des préservatifs à ce moment.

Elle gémit quand il enfonça un centimètre de plus, puis un autre. Des bras épais et musclés se dressèrent avec leur centaine de lignes ciselées, l'emprisonnant. Les jambes de Trey tremblèrent et elle le sentit lutter avec son loup intérieur pour lui donner du temps.

Elle ne savait pas à quel genre de partenaire il était habitué, et elle ne voulait pas non plus de détails, cependant s'il pensait que les dragons avaient besoin d'y aller lentement et précautionneusement, il allait être surpris.

Elle gémit, griffant son dos.

— Plus profond.

Bordel, voilà qu'elle suppliait. Mais vraiment, comment pouvait-elle résister ?

Tout l'air de ses poumons s'échappa tandis qu'il s'enfonçait. Une plongée qui lui disait qu'elle récoltait ce qu'elle avait demandé, ses hanches claquant contre les siennes alors qu'il la pénétrait profondément.

— Kaya, entonna-t-il.

Elle contracta ses muscles intérieurs, souhaitant pouvoir capturer le son qu'il émettait. Personne ne prononçait son nom comme ça, personne n'en faisait sa propre mélodie. Personne.

— Kaya, chuchota-t-il.

Sa voix fut rauque cette fois, et c'était toujours aussi agréable. Mais ils n'étaient pas là dans ce lit pour chanter, murmurer ou même pleurer, donc elle lécha ses lèvres et se força à lâcher deux mots.

— Encore, ordonna-t-elle. Encore.

Il inclina les hanches vers la droite et entra de nouveau, se frottant contre une paroi de son antre. Se retirant, il partit vers l'autre côté et rua encore, faisant de même. Il entrait et sortait, encore et encore, toujours avec cette diagonale délicieuse qui la rendait toujours plus affamée. Qui l'écartelait. La rendait plus toujours plus folle.

Elle enfonça ses talons dans ses fesses et dansa avec lui, s'inclinant d'un côté ou de l'autre pour accentuer chaque mouvement dans une valse sensuelle. Les derniers rayons du soleil vacillaient par les fenêtres jusqu'aux murs. La chambre devint une machine à voyager dans le temps, la renvoyant loin, à l'époque des hommes des cavernes, quand les instincts primitifs pouvaient prendre le dessus et que les pensées conscientes disparaissaient, du moins pour un petit moment. Juste elle et ce loup qui la possédait. Totalement.

Elle ferma les yeux sous la chaleur délicieuse et torride de ses mouvements. Se concentrant, donnant autant qu'elle recevait, elle contracta son intérieur, s'accordant à son rythme.

Se débrouillait-elle bien ? Elle jeta un œil. Trey serrait les dents, fermait les yeux et murmurait son nom. Si elle se fiait à ça, alors oui, elle se débrouillait plutôt bien.

Elle recommença donc, ondoyant comme un étau tandis qu'il plongeait, faisant pousser des gémissements à l'homme qui lui faisait la même chose.

Chancelant au bord d'un sommet incroyablement haut, elle appela son nom.

Son corps se plia si bas sur elle que la sueur qui commençait à luire sur son torse ne gouttait plus, mais glissait contre elle. Et bordel, même ça, c'était bon. Incroyablement bon. Insupportablement bon.

— Trey...

Sa voix vacilla jusqu'à ce qu'elle ne puisse plus se retenir. Les vagues de sensations l'écrasèrent les unes après les autres. Les émotions aussi, putain, dont un besoin sentimental désespéré pour quelque chose qu'elle ne parvenait pas à nommer.

*Compagnon*, s'essouffla sa dragonne. *Mon compagnon.*

Il gronda et se raidit, l'emplissant, et elle pressa chaque partie de son corps, le gardant près d'elle.

Son cœur tambourinait. Son souffle était haletant. La palpitation dans sa poitrine aurait pu être la sienne comme celle de Trey. Ses doigts se refermèrent autour de ceux de Kaya, tout comme la veille, et une sorte de paix alanguie la submergea alors qu'il s'écroulait, se tournait et la prenait dans ses bras.

*Mien*, ronronna sa dragonne. *Mien.*

Elle devait vraiment chasser ce genre de pensées folles, mais elle n'arrivait pas à trouver la force. Lui résister était inutile. Et, bordel. La tentation n'avait jamais paru si bonne et juste.

— Mienne, murmura-t-il alors qu'elle se pelotonnait contre lui, posant ses bras en travers de lui.

Une vie entière défila en une minute. Elle ne regrettait rien. Elle se serra juste plus fermement au creux de la couverture de sa chaleur, s'accrochant à l'élan qui soulevait son corps et son âme.

— Waouh, murmura-t-elle pour résumer ce qu'elle pensait vraiment.

*Putain de merde, c'était bon.* Peut-être qu'elle aurait dû coucher avec un loup bien plus tôt.

Elle rit malgré elle. Si seulement elle avait eu une écurie gigantesque de loups magnifiques aux muscles d'acier parmi lesquels choisir, chez elle, dans sa maison retirée du Wyoming. Comme si elle aurait pu y rencontrer un tel homme.

Après un autre baiser sur son bras, elle ferma les yeux. Elle n'aurait plus jamais besoin de regarder ailleurs, non.

— Qu'est-ce qu'il y a? demanda-t-il en tapotant son épaule.

Elle roula vers lui, puis déposa un petit baiser sur ses lèvres. Un tout petit, après les rafales tempétueuses qui venaient de la balayer, mais c'était pareil. L'amour au milieu de la luxure. La poésie au milieu de la passion.

Elle plissa les lèvres, s'accrochant à son goût.

— Toi... je veux dire, nous. Je veux dire, tout ça...

Les coins des yeux de Trey se ridèrent quand il sourit.

— Je crois que je comprends.

Vraiment? Elle chercha son visage pour y lire un mensonge ou une phrase répétée, mais il n'y avait rien de tout ça. Juste de la joie, de l'émerveillement, et... wouah, de l'intrépidité.

Elle prit une profonde inspiration, se ressaisissant. Enfin, difficile avec les quelques nerfs en ébullition qui avaient encore l'énergie de papillonner en elle. Les autres dormaient déjà dans une satisfaction qui s'enfonçait jusqu'à sa moelle. Peut-être qu'elle devait plutôt se fier à ceux-là, et non pas aux doutes haletants. Était-ce réellement possible que l'amour agisse si vite?

— Hé, murmura-t-il en l'attirant contre son torse.

Elle cala une oreille contre sa peau et écouta le battement sûr et régulier de son cœur.

— Je ne comprends pas non plus, dit-il d'une voix profonde et caverneuse. Mais ma mère disait toujours que...

Elle inclina le menton vers lui et le regarda dans les yeux.

Il lissa les cheveux de Kaya en arrière, les coinçant derrière ses oreilles.

— Parfois, il faut juste avoir confiance.

Lentement, elle reposa la tête contre lui. Elle aimait bien cette idée. Beaucoup, même.

— Tu veux connaître la version de mon père ? demanda-t-elle un moment plus tard, perforant de part en part l'impression de possibilité qui avait pris place en eux.

— Bien sûr. Qu'est-ce que c'est ?

Elle baissa la voix pour imiter le ton rocailleux de son père.

— Ne te fie jamais à personne. Surtout si c'est un homme.

Trey éclata de rire, et le mouvement la fit rebondir.

— Et un loup ?

— Ah.

Elle roula pour s'étaler sur lui, des pieds à la tête, creusant encore plus le matelas.

— Il n'a jamais rien dit au sujet des loups.

— Et voilà.

Il la montra du doigt, comme s'il s'en était douté. Ses yeux brillaient alors qu'il répétait :

— Et nous voilà.

« Nous ». Un mot qu'elle aurait pu encadrer et accrocher dans sa poitrine pour toujours, si elle ne s'était déjà pas accrochée à lui.

Il la berça un peu, et elle soupira.

— Donc, dis-moi, loup…

— Tout ce que tu voudras, répondit-il sans le moindre détour.

— Dis-moi…

Elle réfléchit à ses mots, cherchant ce qu'elle mourrait de savoir. Mais qu'avait-elle besoin d'apprendre qu'il ne lui avait pas déjà montré en paroles et en actes ?

— Euh…

Il ricana et commença à chantonner une musique de jeu télévisé.

— J'attends, chérie.

Il imitait la voix du présentateur, donc elle se lança :

— D'où viens-tu ?

— Du Massachussetts.

Elle leva vivement la tête.

— Du Massachu... ?

Il éclata de rire.

— Tu es déçue ?

Elle secoua la tête.

— Je travaillais dans l'Arizona jusqu'à récemment, expliqua-t-il. Dans le ranch de ma cousine.

Donc c'était de là que venait le côté cowboy.

— C'est là-bas que tu as appris à jouer au poker ?

Ses yeux brillèrent d'une lueur malicieuse.

— Entre autres choses.

Mmh. Elle avait vécu la majorité de son existence dans le Wyoming, et elle n'avait jamais vraiment eu envie de s'en aller. Et lui ?

— Pourquoi es-tu parti de chez toi ?

— Je ne sais pas. Je voulais juste... autre chose.

Son regard parcourut vaguement la chambre, rebondissant des rideaux, au plafond, à la lampe de chevet, jusqu'à revenir sur elle. Et aussi facilement que ça, ses yeux se concentrèrent sur elle. Il retint son souffle une seconde, et sa pomme d'Adam s'agita.

Le cœur de Kaya martela sa poitrine en le voyant la contempler comme ça.

Il détourna les yeux, et bordel, elle serait prête à parier qu'il venait tout juste de comprendre ce qu'était cette « autre chose ».

La mythologie des dragons était remplie de forces mystérieuses, de sort, de destin, d'heureux hasards, mais personne n'avait réussi à expliquer l'amour. Le sort était un secouement de tête collectif quand un dragon plongeait d'une falaise la nuit pour s'écraser vers son destin. Le destin était un haussement d'épaules lorsqu'une entreprise commerciale s'écroulait. Les heureux hasards étaient la chute d'une blague racontée par deux dragons, exactement au même moment.

L'amour, en revanche, c'était deux dragons qui s'accouplaient tard un samedi soir.

Aucun de ces mots ne semblait assez fort pour expliquer ce qu'il se passait présentement. Pas même le destin.

Mais les loups, de ce qu'elle avait entendu, croyaient en ce genre de termes, comme les fanatiques croyaient aux prophètes et aux dieux. Les loups étaient très connus pour passer leur vie à renifler des odeurs qu'ils pouvaient jurer provenir du destin. Les célibataires qui décidaient du jour au lendemain qu'il était temps de se poser. Ils passaient leur temps à se scruter droit dans les yeux et à hurler en duo au milieu de la nuit.

Les loups, comme disait son grand-père à l'époque, étaient un vrai mystère.

L'amour, comme disait sa mère, était un mystère aussi.

Elle riva son regard à celui de Trey, qui scintillait comme la lune se reflétant sur la mer.

Il se racla alors la gorge, murmura quelque chose sur le fait de se nettoyer, et disparut dans la salle de bain.

Trey. Loup. Homme.

Somme toute, un vrai mystère.

# Chapitre 10

Quatre heures. Ils avaient quatre heures.

Les deux premières, ils les passèrent à se regarder dans les yeux, à baiser comme des lapins, et à roucouler comme des tourtereaux.

Ils passèrent ensuite une heure à essayer de trouver quoi faire ensuite. Minuit n'allait pas changer d'heure, après tout.

Durant la quatrième heure, ils couchèrent à nouveau ensemble, roucoulèrent, et s'accrochèrent aveuglément à l'espoir dans cette petite tanière qui servait de chambre ; parce que le monde était plus facile à comprendre ainsi.

Trey entra dans la cabine de douche pour la seconde fois en quatre heures et récupéra ses vêtements juste à temps pour entendre le lourd cliquetis de la porte. Deux loups métamorphes ouvrirent et firent un signe de tête vers le couloir dans un ordre sans ambiguïté.

Il prit la main de Kaya et s'y accrocha alors qu'ils marchèrent pour retourner à la pièce du début, qui ressemblait de plus en plus à une salle du trône.

Il n'y avait aucune fenêtre. Pas même une horloge ; juste des miroirs aux bords dorés qui se moquaient de chaque pas qu'il faisait. On aurait dit un casino, mais bien plus silencieux.

Et, étrangement, il avait l'impression qu'il ne pourrait pas sortir vainqueur de celui-là.

Merde, merde, merde. Quelques heures plus tôt, Kaya et lui avaient tout ce dont ils avaient besoin : l'argent et le numéro de téléphone. Ils n'auraient eu qu'à appeler le type qui retenait sa sœur contre rançon et organiser l'échange. C'était très simple... si seulement ils pouvaient se débarrasser de ces loups.

Le reflet dans le miroir le raillait. *Pensais-tu réellement que ça allait être si facile ?*

Une sensation d'effroi le rongeait, grandissant dans ses tripes, et il rapprocha Kaya de lui jusqu'à ce que son épaule cogne contre la sienne à chaque pas anxieux.

— Dixon, gronda une voix.

Il leva vivement la tête. Roric, l'alpha, le fusillait du regard depuis son dais, comme un roi médiéval.

Il gronda presque en retour. S'ils avaient été seuls, il aurait peut-être joué le rôle du subordonné devant cet homme puissant. Mais avec Kaya ici présente, son instinct d'alpha entêté prenait le dessus. L'instinct de protéger. De gonfler le torse et de prendre position. De montrer qu'il ne se laisserait pas malmener.

Il le dévisagea en retour, et les yeux de l'alpha régnant le clouèrent sur place.

— Et moi qui pensais que nous avions affaire à un simple couple de visiteurs...

Il fit les cent pas comme un lion agité cherchant une échappatoire.

Ce n'était pas un début prometteur.

Les doigts de Kaya se refermèrent sur ceux de Trey alors que Roric hochait la tête.

— Donc, j'ai passé quelques appels...

Trey dissimula une grimace. Merde.

— Il semble que Lana Dixon de Twin Moon Ranch n'avait aucune idée que son cousin comptait visiter mon territoire.

Ce qui était une bonne nouvelle en quelque sorte, car Trey n'aurait pas à impliquer la meute de Lana dans ses problèmes. La mauvaise nouvelle, c'était que cela faisait de lui un loup solitaire, sans personne pour couvrir ses arrières.

Quel con il était. Avait-il vraiment cru pouvoir se pointer à Las Vegas et repartir tranquillement avec quelques milliers de dollars, sans qu'on le remarque ?

Il opta pour la vérité.

— Je faisais de l'auto-stop jusqu'à Los Angeles, et le chauffeur m'a déposé ici.

L'ignorant, Roric continua à arpenter la pièce.

— J'ai présenté mes respects à Lana, raccroché, et que se passe-t-il ensuite ?

Trey plissa les yeux à la lourde pause qui suivit. Comment pouvait-il le savoir ?

— Quelqu'un m'a vraisemblablement appelé au même moment, me demandant quel trou du cul avait pu éliminer ses gargouilles.

Roric lui jeta un regard glacial.

— Non, une seconde. Il se demandait quel trou du cul de *loup* avait éliminé ses gargouilles. Pour savoir si c'était un des miens.

Merde. Il n'avait pas juste énervé l'alpha de Westend, il avait marché sur ses plates-bandes.

— Donc, je suis obligé de me poser la question, s'agit-il du même loup qui traîne ici, vous savez ?

Trey serra les dents. Ce n'était pas comme s'il avait traîné dans cette tanière de loups volontairement.

— Et en même temps, il semble que la petite dame ici présente ait ses propres problèmes, ricana-t-il en regardant Kaya.

Elle se raidit, et Trey également. « La petite dame » ?

— Il semblerait que la dame doive de l'argent à un de mes associés.

Les ongles de Kaya s'enfoncèrent dans la main de Trey alors qu'elle pinçait les lèvres. Peut-être qu'elle était comme lui, retenant les crocs de sa bête avant qu'elles se démarquent de ses gencives.

— Le même associé, s'avère-t-il, qui a vu ses gargouilles endommagées.

« Endommagées ». Comme si elles étaient un ongle cassé et n'avaient pas foncé tête la première dans un bus ou un panneau métallique.

— Donc, que peut bien faire un loup ?

Il était évident à sa posture raide qu'il n'attendait pas de réponse. Il finit par soupirer comme s'il était blasé par tout le travail à effectuer dans son fief en si peu de temps.

— J'ai donc décidé d'inviter mon associé et de régler ce quiproquo, une fois pour toutes.

Pourquoi n'aimait-il pas ce que cela augurait ?

Une grande silhouette sombre avec une queue de cheval noire et lisse se détacha des ombres sur la gauche de la salle. Il portait un costume Armani sur mesure noir sur noir, qui donnait l'impression que sa peau était presque translucide. Ses yeux ignorent immédiatement Trey, mais s'illuminèrent en parcourant chaque centimètre du corps de Kaya.

La main de cette dernière tremblait dans la sienne, et Trey ne pouvait que s'y agripper. Un grondement monta dans sa gorge.

— Mademoiselle Proulx, je présume, lança l'associé de Roric.

Il avait un léger accent européen, mais indistinct. Il inclina la tête comme s'il était un foutu comte ou autre chose. La pointe de ses dents apparut quand il se redressa et sourit.

Kaya haleta en le reconnaissant.

Une seconde plus tard, Trey le vit aussi. Ce n'étaient pas des dents, mais des crocs. Des crocs de vampire. L'homme qui retenait sa sœur en otage était un putain de vampire ?

Trey renifla l'air et ne capta aucune odeur... la caractéristique d'un vampire. Un vrai suceur de sang avec des canines pointues.

Il jeta un coup d'œil à Kaya.

*Dis-moi que tu as simplement oublié de préciser que c'était un vampire.*

Elle lui renvoya un air désolé.

*C'était juste un petit détail.*

Un petit détail ? Sa sœur ne devait pas simplement de l'argent à un bookmaker de Vegas, mais un bookmaker *vampire*. C'étaient des créatures fourbes, furtives, qui pouvaient saigner à blanc même le plus fort des loups. Ils combattaient sans honneur et traquaient les plus faibles.

Et pourtant, celui-ci était étrangement associé aux loups de Westend. Trey fusilla Roric du regard. Comment un loup pouvait-il tomber si bas au point de faire affaire avec des vampires ?

L'alpha haussa les épaules, sans pitié, comme pour dire que les affaires, c'étaient les affaires.

C'était comme l'avait dit Lana quand elle l'avait prévenu. La meute de Westend agissait comme des mercenaires, une attitude qui n'était pas commune parmi les loups.

— J'ai tellement entendu parler de vous, dit le vampire à Kaya. Nous attendons votre visite avec impatience.

Ses yeux se posèrent sur sa poitrine et il lécha ses lèvres pâles de sa langue rouge écarlate.

Un second vampire apparut derrière lui, puis un troisième, qui traîna une captive toute crispée.

— Dégage tes sales pattes de moi, connard, grommelle la femme.

— Karen !

Elle tenta de courir jusqu'à elle, mais Trey la tira en arrière. Hors de question de la laisser se rapprocher d'un vampire. Ils étaient déjà bien trop près. Un rayon de deux milles kilomètres serait déjà trop près.

— Salut, Kaya, répondit sa sœur dans un soupir en se tortillant dans la prise du vampire. Désolée, je suis coincée avec la moitié de la Transylvanie.

Elle leva les yeux au ciel avant de ricaner.

— Igor et Ivan, se moqua-t-elle.

La brunette qui ressemblait tellement à Kaya prononça les I à l'américaine, ce qui fit lever les yeux au ciel des suceurs de sang.

— « I-gor », pas « Aïe-gor », corrigea le premier, clairement pas pour la première fois.

Un petit rictus se dessina sur les lèvres de Karen.

— Peu importe.

Eh bien, elle avait du tempérament. Comme sa sœur.

— Nous avons l'argent, lâcha Kaya. Nous étions en chemin.

— Ah, oui ? répondit le chef vampire en levant un fin sourcil.

— En fait, c'est moi qui l'ai, intervint Roric avec un rictus en brandissant le sac de billets que ses hommes avaient dû trouver dans la voiture.

— C'est mon argent ! s'exclamèrent Kaya et Trey en même temps.

— C'est le mien, maintenant, rétorqua Roric en souriant.

— Vous n'oserez pas ! aboya-t-elle.

Il leva un sourcil de défi. Bien sûr que si.

— De l'argent que je suis ravi de transmettre à mon associé pour rembourser ses pertes.

L'alpha jeta un regard accusateur à Trey.

— Moins, bien évidemment, une petite commission pour vous avoir sauvés du désert.

— Sauvés ? bafouilla Kaya.

Trey gronda ouvertement. Donc, il s'était par inadvertance retrouvé au milieu du pacte entre la meute de Roric et les vampires. Les loups se serraient certainement les coudes quand les temps étaient difficiles, non ?

Roric secoua la tête. *Tu rêves, gamin.*

Igor chassa une bouloche de sa manche et soupira.

— Les gargouilles fiables sont difficiles à trouver, de nos jours. Et le prix que les sorcières demandent pour des nouvelles...

— Tout cela au nom du maintien de relations professionnelles stables, bien évidemment, ajouta Roric avec un haussement d'épaules en regardant un Trey incrédule.

*Oui, ces vamps sont des snobs, mais que peut-on y faire ?* semblait-il dire.

Trey secoua la tête. Chez lui, les loups et les vampires se tenaient à bonne distance, juste au cas où. Mais il était à Las Vegas, avec la meute louche de Westend. Pourquoi n'était-il pas surpris ?

Igor passa un mouchoir en dentelle délicate sur son nez avec un regard dédaigneux, les considérant certainement comme des barbares

— C'est notre argent ! insista Kaya en se dressant de toute sa hauteur.

Ses yeux brillèrent, et Trey se demanda si elle allait se mettre à cracher du feu. Un talent qui serait terriblement pratique dans un tel moment.

Il montra les dents aux vampires, la soutenant. Vraiment, il devrait la corriger. Techniquement, c'était son argent à lui, pourtant il s'en fichait. La ligne entre ses possessions et celles de Kaya devenaient de plus en plus grise et floue, comme si rien

de tout cela ne comptait tant qu'ils faisaient front ensemble...
et restaient ensemble.

*Pour toujours,* chantonna son loup.

— Quelle dommage, pesta Igor en jouant avec une mèche
de cheveux de Karen. Mais je suis certain que votre sœur sera
heureuse de gagner ce qu'elle me doit d'une autre façon.

Karen s'écarta de lui et grogna.

— Plutôt mourir.

Igor lui lança un sourire glacial.

— C'est la dernière solution, ma chère, mais je peux toujours arranger cela.

Le vampire derrière lui se lécha les lèvres.

Karen ricana.

— Vous croyez pouvoir boire le sang d'un pur dragon ?
Avec tout ce mercure dans mes veines... j'en doute.

Elle laissa flotter cette menace alors que Trey échangeait
un regard avec Kaya. N'avait-elle pas dit que Karen était sa
demi-sœur et qu'elle ne pouvait pas voler ? Cela signifiait
qu'elle n'était que moitié dragonne et n'avait probablement
pas suffisamment de mercure dans son sang pour être protégée
des vampires comme les pures souches.

Elle se redressa, fière et déterminée, bluffant dangereusement avec un visage impassible parfait. Trey se demanda comment elle avait bien pu perdre ses paris et se retrouver dans
ces problèmes.

Igor plissa le coin de l'œil alors qu'il luttait pour garder son
calme. Clairement, Karen n'avait pas été une prisonnière aussi
coopérative qu'il aurait aimé. Comme dans cette histoire où
un petit garçon avait tellement fait tourner ses ravisseurs en
bourrique qu'ils avaient fini par payer la famille pour qu'ils le
reprennent.

— Les plus nobles des vampires peuvent boire du sang de
dragon, répondit-il en se penchant d'un air menaçant. Et il
peut être distillé. Souviens-toi, ma chère : il y a une solution
simple, et une solution plus difficile...

— Je vais vous montrer la difficile, marmonna Karen en
serrant le poing.

Trey avança d'un pas avant qu'elle ne le cogne.

— Oubliez ça.

Igor éclata de rire.

— Et qu'avez-vous à échanger exactement ?

Trey se retint tout juste lui aussi de cogner le vampire de son poing tremblant. Merde, qu'avait-il ?

— La voiture. Vous pouvez avoir la voiture.

— La voiture de papy ? rétorqua Karen avec un petit cri. Hors de question.

Kaya secoua la tête avec véhémence, et Trey les dévisagea toutes les deux.

Igor poussa un autre bruit agacé.

— J'ai toutes les voitures dont j'ai besoin.

Kaya jeta un regard perdu dans la pièce, cherchant désespérément quoi échanger. Trey lança un regard implorant à Roric. Le vieux loup avait certainement…

L'alpha ricana et fit signe aux gardes de s'approcher pour leur dire de le débarrasser des racailles qu'ils étaient ; Igor parla cependant avant qu'ils n'agissent.

— Bien évidemment, il reste une solution…, dit-il en examinant chaque centimètre de la carrure de Trey.

Il sentit une main glaciale remonter le long de sa colonne vertébrale alors qu'il se demandait ce que le vampire avait en tête.

— Deux de mes éclaireurs ont repéré un nouveau candidat pour les fosses, murmura Igor. Je me demande s'il ne s'agirait pas de toi.

Kaya s'immobilisa à côté de lui.

— Non. Pas ça.

Trey inclina la tête. Les fosses ?

— Non ! répéta Kaya en lui saisissant le bras. Pas les fosses.

Elle le scruta si intensément qu'il manqua de peu d'obéir à son ordre implicite.

*Ne fais pas ça. Ne prends pas ce risque.*

Igor toussa sans subtilité pour attirer leur attention et Trey détourna les yeux de Kaya vers sa sœur. Il devait trouver le moyen de les libérer toutes les deux. Et, bordel, il se battait aussi bien que n'importe quel loup. Mieux, même. Et puisqu'il n'avait pas d'autre idée...

— Ne fais pas ça, l'avertit Karen.

Mais que pouvait-il faire d'autre ?

— Disons que je combatte, proposa-t-il en se tournant vers le vampire. Et que je gagne. Alors nous sommes libres. Tous les trois.

Les yeux d'Igor étaient d'un rouge terne et vacillant qu'il était difficile de soutenir. Trey résista malgré tout, crispant chacun de ses muscles. Il pouvait lui faire baisser les yeux. Il pouvait se battre et gagner.

Il le devait.

Les lèvres pâles d'Igor s'écartèrent dans un sourire moqueur.

— D'accord.

Il avait accepté trop rapidement, et Trey se demanda dans quoi il venait de mettre les pieds.

— Et on garde la voiture, lâcha Kaya. La voiture aussi.

Trey cligna des yeux. Bordel, elle faisait vraiment une fixette sur cette Jaguar.

Et elle avait également un faible pour lui apparemment, parce que la pression qu'elle exerça sur sa main juste après fut suivie d'un murmure rauque.

— Je te suis redevable, mon loup.

Son cœur s'envola un peu comme Kaya l'avait fait en sautant du balcon lors de leur première nuit. Cette nuit folle qui avait été le point de départ de cette aventure folle. Un jour qu'il ne regrettait pas et auquel il ne changerait rien, si cela signifiait la perdre.

Il avala la boule dans sa gorge et s'ordonna de se concentrer. Le combat d'abord. La compagne après.

*Compagne*, fredonna son loup. *Ma compagne.*

Pour la première fois, son côté humain ne s'embêta pas à protester. Il se contenta de le suivre en chœur. *Compagne, ma compagne.* Ça sonnait plutôt bien, maintenant qu'il s'était habitué à l'idée.

Igor claqua des doigts vers l'un de ses hommes qui sortit un portable.

— Réarrange le planning de ce soir.

Il se tourna vers Trey avec un sourire.

— Suis-moi. Nous n'avons pas de temps à perdre.

Un des vampires saisit Karen, qui lui donna un coup de coude dans les côtes, mais elle finit par abandonner quand le second referma sa main sur sa nuque.

— Ça suffit maintenant…

Roric ricana.

— C'est amusant, il se trouve justement que j'ai un peu de cash sur moi pour un pari.

Il fit défiler les billets de la liasse qu'il avait prise dans le sac en toile.

— Qui combat ce soir ?

— Kyrill, répondit le second vampire.

L'alpha siffla.

— Un pari sûr.

Kaya resta bouche bée, le regard furieux.

*Sûr pour qui ?*

Trey chassa la sensation désagréable dans ses tripes. Tout se remettait dans l'ordre, mais c'était une symétrie totalement tordue. L'argent qu'il avait gagné les avait réunis Kaya et lui, et maintenant ce même argent était parié contre sa vie. Leurs trois vies en fait, parce que le destin des deux sœurs reposait sur lui également.

Il prit une profonde inspiration. Le sort jouait clairement avec eux. La question était de savoir s'il prévoyait de leur donner une fin heureuse ou tragique.

# Chapitre 11

Kaya sortit autant qu'elle trébucha hors du SUV en cuir et chrome des vampires. Un néon l'aveugla, déclenchant toutes ses alarmes internes. Elle n'avait jamais été si tentée de secouer ses ailes et de voler jusque chez elle.

« Scarlet Palace », disait le panneau.

— Enfin chez soi, murmura un des vampires.

Elle leva le menton, se ressaisissant. Elle aurait désespérément préféré avoir Trey à ses côtés, cependant il avait été jeté dans un autre véhicule et emmené ailleurs.

Le voir partir avait été comme dire adieu à son foyer, sa famille et tous les bons souvenirs à la fois. Peut-être que les loups n'étaient pas si fous de croire aux compagnons, après tout.

Elle se força à prendre une profonde inspiration. Elle devait garder son calme et trouver comment se sortir de ce bordel.

— Continue à avancer, dit le vampire en la poussant.

Comme une prisonnière condamnée à perpétuité, elle prit une dernière goulée d'air frais et chancela vers les doubles portes en verre.

De la musique jazz atteignit ses oreilles et un parfum de billets neufs et de rhum envahit ses narines. Elle avait mal aux yeux à cause de toutes les lumières vives qui réclamaient son attention de manière hystérique.

— C'est comme Noël sous stéroïdes, marmonna Karen. Tu imagines que j'ai survécu à tout ça pendant une semaine ?

— Je n'imagine déjà pas que tu te sois retrouvée dans de telles emmerdes, grommela Kaya.

Elle aimait sa sœur, mais putain, cette fois, Karen avait vraiment eu les yeux plus gros que le ventre.

— Je t'expliquerai tout plus tard, chuchota cette dernière d'une voix étrangement déterminée qui fit marquer un temps d'arrêt à Kaya.

Qu'y avait-il à expliquer ?

Igor fit signe à deux videurs sur le côté avant de les conduire vers une rangée d'ascenseurs VIP. Il désigna ensuite les portes ouvertes d'un mouvement de tête.

— Mesdames.

— Sales suceurs de sang, marmonna Karen sans bouger.

Kaya entraîna sa sœur dans la cabine.

— Tu es obligée de les provoquer ? siffla-t-elle alors qu'Igor aboyait des ordres à l'extérieur.

Karen se tortilla pour se libérer.

— Tends la main à ces connards et ils te boufferont tout le bras.

Kaya pensait surtout qu'ils allaient boire des litres de leur sang, mais elle garda la bouche fermée.

Igor monta avec deux de ses sbires ; l'un d'eux plaça une clef dans un espace vide sur le panneau de contrôle, en dessous des autres boutons. L'ascenseur commença sa descente.

Kaya compta quinze étages, à en juger par le grondement régulier à l'extérieur alors qu'ils ne cessaient de plonger. Quinze étages sous le niveau de la rue ?

Les portes s'ouvrirent sur une sonnerie, et Karen soupira.

— Bienvenue dans le dernier cercle de l'enfer.

Kaya sortit avant de se figer en entendant une foule qui poussait des cris au bout d'un sombre couloir. Igor la bouscula et elle suivit sa sœur et le vampire vers le poste d'un ouvreur, juste au-dessus d'une arène dégagée. Un rassemblement enragé de plusieurs milliers de gens désignait quelque chose en contrebas. Là, deux silhouettes étaient accroupies dans une zone de sable circulaire. Au début, Kaya crut qu'il s'agissait d'un ring de boxe, avant de se rendre compte que c'était plus une fosse de gladiateurs, délimitée par un mur de pierre surplombé de fausses statues romaines de dieux et d'empereurs.

— Waouh. On est encore à Las Vegas ou dans la Rome antique ? se demanda-t-elle à voix haute.

— Les principes de base du divertissement n'ont pas changé en deux mille ans, commenta Igor avec un geste ennuyé de la main.

Son souffle chatouilla l'oreille de Kaya, et elle se dépêcha d'avancer. Il ne cessait d'envahir son espace depuis qu'ils avaient quitté la tanière des Westend. Ses yeux suivaient la longue ligne de ses jambes et étudiaient le renflement de sa poitrine quand elle respirait. Le vampire pouvait ne pas boire son sang chargé de mercure, il y avait d'autres façons de lui faire du mal.

Elle regarda autour d'elle. Karen, Trey et elle devaient trouver un moyen de se tirer de là, et vite.

La voix d'un commentateur retentit dans des haut-parleurs, cependant elle ne comprit pas un seul mot.

— Au tour de l'Annihilateur, lança un spectateur empressé à un autre en lisant un programme alors que Kaya les dépassait.

La foule hurla le nom, réclamant du sang dans un cri à faire froid dans le dos.

— Par-là, mesdames, dit Igor en désignant un tapis rouge qui montait vers une tribune séparée.

— La madame va le cogner droit dans les burnes à la première occasion, marmonna Karen.

Karen, le garçon manqué. Karen, la balanceuse de vannes. Karen, qui allait certainement tous les faire tuer.

— Arrête ça, s'énerva Kaya.

Igor leur désigna les sièges luxueux à côté du sien. Chacun était assez grand pour que Kaya s'y noie un soir de détente avec un bol de popcorn, un bon film et un mec bien.

Comme Trey. Une vision d'eux pelotonnés un mercredi soir tranquille réveilla des étincelles en elle, jusqu'à ce que Karen fasse claquer son chewing-gum et la ramène à la morne réalité. Pas de câlins. Pas de paix. Pas de Trey.

Elle se percha sur le bord de son siège et examina la scène. Bordel, où était-il passé ?

Le popcorn que gobaient les spectateurs avides était la seule similitude avec son rêve. Il n'y avait pas de tranquillité dans ce trou à rats, juste une soif de sang primitive qui palpitait sous la surface de ce divertissement sauvage.

— Glaces! Bières! Limonades! criait une vendeuse aux larges épaules.

Elle soulevait des pichets de bière géants en agitant son décolleté comme si on était à l'Oktoberfest.

— Placez vos paris! Prenez vos tickets maintenant, mesdames et messieurs! Maintenant! s'exclama un homme mince dans un costume rayé.

Il passa la main sur ses cheveux lissés en arrière et Kaya renifla. Elle capta une pointe canine évidente dans son odeur. Un autre loup?

Elle regarda sa sœur.

— Une hyène, répondit celle-ci sans tourner la tête une nouvelle fois. Elles gèrent tous les paris. Les ours s'occupent de la sécurité...

Kaya leva les yeux vers les types costauds qui gardaient chaque aile dans leurs vestes de sécurité orange. Oui, c'était bel et bien des ours métamorphes. L'un d'eux pressa une femme de retourner à son siège, alors qu'un autre montra les dents à un type qui essayait de se faufiler vers une place du premier rang.

— Mais comment...? commenta Kaya.

Karen fit un signe vers le haut, au-dessus des projecteurs.

— Les sorcières jettent juste assez de magie sur la fosse pour s'assurer que les humains ne voient que ce qu'ils doivent voir. D'autres humains ou des animaux, rien entre les deux.

Kaya plissa les yeux derrière l'éclat des projecteurs vers une tribune en verre, très haut dans les corniches de l'arène, où elle repéra trois vieilles femmes avec des cheveux teints en bleu. Des sorcières, sans aucun doute. Une se rongeait les ongles. L'autre parcourait les pages d'un magazine people. La dernière bâilla et posa brièvement son tricot sur le côté pour jeter un œil aux spectateurs.

— Observe bien, dit Karen.

La sorcière se redressa et Kaya suivit son regard vers une section de la foule chargée d'humains. Parmi eux se trouvait un métamorphe élan, qui apparemment était trop captivé par le combat pour se rappeler de dissimuler son côté animal. Ses bois commençaient à se voir et une femme humaine de la rangée du dessus dans un haut à sequins ouvrit la bouche pour crier. La sorcière agita les doigts dans un sort silencieux et l'instant suivant, l'humaine secoua la tête, chassant cette folle vision, et reporta son attention sur l'action au milieu du ring.

La sorcière hocha la tête de satisfaction et reprit son tricot.

— Tu comprends maintenant ? demanda Karen.

Pendant ce temps, dans la fosse, deux silhouettes se rapprochaient. Un lion et un grizzly, hurlant de façon tempétueuse.

*Par ici, minou, minou,* provoqua l'ours.

Kaya saisit les paroles cachées dans son rugissement.

La foule acclama et Karen se pencha à son oreille.

— Les humains ne voient que le côté animal des combattants métamorphes. Ils sont censés rester dans une forme ou l'autre, mais parfois ils craquent.

Le lion grogna.

*Fils de pu...*

Ses mots se terminèrent dans un mugissement.

Personne ne cilla, et en jetant un regard vers les sorcières dans la tribune de contrôle, Kaya en vit une faire un clin d'œil à une autre.

— Je croyais que les combats d'animaux étaient illégaux, commenta-t-elle.

Sa sœur leva les yeux au ciel.

— C'est la facette de Las Vegas que la loi n'atteint pas. Tout est permis.

Kaya ne pouvait être que d'accord sur ce point. Ces derniers jours dans la ville le lui avaient prouvé encore et encore.

— Quels autres sortilèges jettent-elles ? demanda-t-elle.

Karen balaya sa question d'un revers de la main.

— Elles ne font pas beaucoup plus, crois-moi. Ce sont des sorcières de troisième zone.

Igor soupira.

— Les bonnes sorcières sont tellement difficiles à trouver.

— Mon cœur saigne pour toi, répliqua Karen.

Il sourit.

— Ça aussi, ça peut s'arranger.

Kaya donna un coup de coude dans les côtes de sa sœur et l'emmena plus loin. Bien plus loin.

Un rugissement puissant coupa la pique prétentieuse que sa sœur avait déjà sur le bout de la langue, et la foule bondit. Kaya aussi, malgré elle, observant le lion et le grizzly foncer l'un sur l'autre dans un flou de fourrure et de crocs.

L'ours hurla de douleur alors que le félin laboura quatre griffures parallèles dans son dos avant de s'écarter.

— Holà. Ils combattent à mort ?

— Nan, répondit Karen, bien trop nonchalamment. Pas dans ce round.

Kaya enfonça ses doigts dans la couture de son siège. Merde. Dans quel round se trouvait Trey ?

Elle se détourna alors que le lion se rapprochait du grizzly chancelant.

La foula exulta. L'ours gémit. Le félin rugit de triomphe. Kaya se dit que la mort serait rapide, cependant un sifflet strident retentit et un groupe de sbires arriva pour séparer les combattants. Une partie du public les hua alors que d'autres applaudirent ou consultèrent leurs programmes.

— Qui ensuite ? demanda une femme dans une robe étincelante à un homme chauve à ses côtés.

Le cœur de Kaya tambourina, mais elle avait beau tendre l'oreille, elle ne parvint pas à entendre la réponse.

Deux battants de portes grondèrent en s'ouvrant sur un côté de l'arène, et une équipe de soigneurs d'animaux fit sortir le lion. La foule conspua, avide de plus d'action. Une autre équipe s'occupa du grizzly blessé, et alors qu'ils l'acheminaient hors de l'arène, Kaya aperçut une dizaine de visages mornes qui jetaient un œil depuis les catacombes. Les prochains combattants se préparant pour leur round ?

— Où trouvent-ils tous ces gens ?

Igor gloussa.

— Certains sont volontaires. D'autres... Disons qu'ils ont besoin d'être convaincus.

Elle repensa aux deux brutes qui avaient drogué le verre de Trey et son sang ne fit qu'un tour. Et dire qu'elle l'avait sauvé des fosses juste pour qu'il y finisse de nouveau. Volontairement, pour les sauver sa sœur et elle.

Seigneur, quelle ironie.

Une étincelle s'échappa de ses lèvres et elle manqua de reculer de surprise. Igor s'était tourné donc elle essaya encore. Rassemblant tous les fils de colère en un seul souffle, elle souffla.

Une flamme de quinze centimètres fila de sa bouche. Elle parvint tout juste à l'étouffer lorsqu'Igor revint vers elle, fronçant le nez.

— Quelqu'un fume ici ?

— T'es dingue ou quoi ? murmura Karen en lui saisissant le coude.

Kaya blêmit un peu. Elle n'avait jamais produit autant de feu dans sa vie. Son esprit tourbillonna d'idées folles durant les trois affrontements suivants.

Soudain, la voix du présentateur retentit :

— Mesdames et messieurs, le Scarlet Palace est fier de vous présenter le plus grand combattant de tous !

Des visages excités se concentrèrent sur l'arène alors qu'un projecteur filait d'une arche à une autre, les forçant à deviner. Par quelle porte le prochain combattant émergerait-il ?

— Invaincu après cent trente combats...

Kaya écarquilla les yeux. Combien ?!

— L'indomptable, l'inégalable, l'inexpugnable !

La foule hulula de ravissement.

— Le seul, l'unique...

Tout le monde se tut un instant, et soudain l'annonceur déchaîné tonna son nom :

— Kyrill !

Kaya vit un géant torse nu entrer à grandes enjambées dans l'arène, brandissant une épée.

Une épée. Elle regarda sa sœur. Qu'est-ce que... ?

Kyrill fit un lent tour de l'arène, saluant la foule alors que cette dernière se lançait dans des acclamations et tapait frénétiquement des pieds.

— Ky-rill ! Ky-rill ! Ky-rill !

Même vingt rangées plus haut, Kaya pouvait sentir le sol trembler.

Une machine à voyager dans le temps n'aurait pas pu déballer une image plus authentique de gladiateur. Il était bâti comme un bœuf et huilé comme un bloc moteur disproportionné, avec des jambes aux muscles massifs. Son visage était caché derrière un masque en acier, et une ceinture bleue irradiait à sa ceinture. Il empoignait le pommeau de son épée d'une main alors que l'autre tenait un bouclier si épais qu'il aurait pu servir de bélier. Avec le casque orné s'élevant sur sa tête, il avait dû se baisser pour ne pas cogner dans la porte de l'arène de plus de deux mètres.

Kaya en resta bouche bée.

— Un gladiateur ?

— Le Thrace ! hurla un spectateur en pointant une page du programme qui illustrait plusieurs types de combattants.

Les femmes poussèrent un cri. Les hommes baragouinaient des statistiques. Un métamorphe âgé assis non loin du siège de Kaya, un hérisson à en juger par sa stature et son odeur, secoua la tête.

— Je n'aimerais pas être le pauvre bougre qui va devoir le combattre ce soir.

Juste à ce moment, l'annonceur se lança dans une seconde présentation.

— Et maintenant, le Scarlet Palace vous présente le nouvel adversaire de Kyrill !

La foule siffla et applaudit. Certains rirent, même.

— Notre dernier et plus important arrivant dans les fosses...

De l'autre côté de l'arène, Kaya repéra Roric qui se penchait depuis une seconde tribune VIP.

— Il est malintentionné, il est fuselé, et il est au taquet ! s'épancha le présentateur.

Igor sourit avec suffisance et fixa Kaya.

— Le loup le plus sauvage et terrible de l'ouest...

Elle noua ses doigts et retint son souffle.

— Croc Noir ! cria-t-il.

Le public devint fou et Kaya bondit sur ses pieds, tremblante, alors qu'entrait dans l'arène le loup au poil le plus noir et le plus brillant qu'elle ait jamais vu.

# Chapitre 12

Trey serra les dents en voyant son adversaire se pavaner.

— Transforme-toi.

Un type costaud derrière les portes avait claqué des doigts une seconde plus tôt, avant qu'un autre hurle : « Showtime ! » juste avant d'ouvrir le portail.

L'endroit puait la bière, la pisse et le sang, ce qui ne fit qu'empirer quand il prit sa forme de loup. Le changement vint facilement, aussi facilement qu'enfiler une cape ou tourner sur lui-même. Il était à peine parvenu à maîtriser son loup ce soir, attendant que ce moment arrive.

Le moment de lutter pour leurs vies.

— Et reste comme ça, pigé ? hurla l'homme de main alors que Trey faisait ses premiers pas dans l'arène.

— Bonne chance, pigeon, marmonna le lion arrogant et victorieux du combat précédent alors qu'il sortait du ring.

Les portes se fermèrent alors dans le dos de Trey et la foule se pencha en avant, en délire, assoiffée de sang.

Il leva les yeux, essayant de repérer Kaya, cependant il ne vit que la tronche hideuse d'une gargouille qui le dévisageait depuis le bord le plus haut de l'arène. L'endroit était encerclé de statues et il était impossible de dire si l'une d'elles n'allait pas prendre vie pour le poignarder dans le dos.

La gargouille ouvrit un œil et pouffa, renvoyant son haleine d'ail dans sa direction.

— Prépare-toi à mourir.

Trey grimaça et s'écarta d'elle. Une chose à la fois, pas vrai ? Une chose à la fois.

Repérant Kaya, même s'il aurait aimé se noyer dans ses yeux brillants et profonds, n'était pas important pour l'instant.

Il devait se concentrer sur son adversaire et avancer un pas à la fois.

Ce qui signifiait garder son calme et jouer la sécurité, parce que la seule chose qu'il devait prouver ce soir, c'était qu'il pouvait survivre. Plus que survivre... il devait gagner.

Il plissa les yeux vers le gladiateur, laissant sa vision périphérique se troubler jusqu'à ce que son monde entier ne se focalise que sur cet homme. Il scruta ses larges pieds dans leurs sandales et laissa ses yeux parcourir ses cuisses épaisses jusqu'à ce pagne ridicule. Au-dessus se dessinaient des abdominaux carrés et un torse aussi imposant qu'un terrain de football. Du moins, de ce qu'il pouvait en voir derrière ce bouclier bleu et le tranchant luisant de son épée. L'homme avait un masque en acier et un casque de centurion romain.

Seigneur, ce type sortait directement des pages d'un livre d'histoire.

Le mastodonte ricana, baissant les yeux sur lui, ou du moins sur sa forme de loup. Bordel, il l'aurait regardé de haut même si Trey avait conservé sa forme humaine, parce que Kyrill était un véritable géant. Pas un métamorphe, juste un enfoiré gigantesque qui guérissait aussi vite que n'importe quel métamorphe. Trey l'avait vu passer son arme dans sa propre paume un peu plus tôt pour tester le tranchant de la lame, et sa peau s'était refermée presque immédiatement.

Génial. Vraiment génial. Un gladiateur cuirassé qui guérissait tout seul. Pourquoi n'avait-il pas pu tomber sur ce métamorphe élan un brin lourdaud croisé plus tôt ?

Un regard vers la foule tonitruante lui donna la réponse à sa question. Quelque part là-haut se trouvait Igor avec deux dragonnes qui affronteraient un destin pire que la mort s'il ne s'en sortait pas.

Le gladiateur fit ondoyer son épée, faisant briller la lame.

Trey le contourna par la droite, grondant.

— Que le combat commence ! hurla l'annonceur, sous les vociférations du public.

Le gladiateur resta immobile, dans l'attente.

Oui, eh bien, Trey pouvait attendre lui aussi. Il arpenta la moitié du ring, testant le sable, vérifiant les sorties. Toutes étaient verrouillées et derrière brillaient des dizaines d'yeux intéressés, ceux des équipes en coulisses qui travaillaient dans ce trou de fous. Ils se demandaient qui ils étaient. Des métamorphes crotales? Dindes, peut-être? Il avait vu plus d'espèces ici sur le chemin de ces catacombes qu'il n'en avait croisées de toute sa vie.

Mais il ne souhaitait vraiment que voir Kaya une dernière fois. Bordel, il voulait la voir plein d'autres fois.

Le gladiateur cogna sur le bord de son bouclier avec son épée.

— Viens ici, mon toutou. Viens me chercher.

*Viens me chercher toi-même, connard,* grogna-t-il en retour.

Le gladiateur sourit... Trey pouvait distinguer la courbe de sa bouche derrière son masque sans expression. Il recula, balançant son épée dans un huit.

— Viens là, chien-chien.

Trey montra les dents, essayant de se concentrer. L'envergure des bras du géant était si large qu'il était difficile de suivre l'ondulation de sa lame et du bouclier tendu en même temps. Ce qui, supposa-t-il, était le but.

Grondant, il campa sur ses positions. Plus le grand se rapprochait, moins sa vision périphérique captait ses mouvements. Il se concentra sur ses épaules, là où le mouvement serait déclenché.

— Viens là, mon toutou, mon tou...

Il feinta soudain avec son épée puis abattit son bouclier comme un bélier. *Zoum!* Le bouclier fendit l'air à deux centimètres du museau de Trey. Ce dernier bondit en arrière et plongea à gauche, parce que l'épée suivit le mouvement, tranchant l'air elle aussi.

La foule poussa des hurlements, et des centaines de pieds tapèrent le sol à l'unisson, criant un seul nom.

— Ky-rill! Ky-rill!

— Trey!

Il tourna vivement la tête, parce que même dans tout ce chaos, il perçut la voix de Kaya. Peut-être que c'était dans sa tête, où le son faisait écho encore et encore.

Alors que le gladiateur avançait vers lui, Trey put l'examiner. Il avait un bras protégé par un gantelet de cuir, mais l'autre était nu. C'était le point faible qu'il devait viser. Ainsi que son ventre et son dos à l'air, mais pour se rapprocher autant... Comment allait-il y arriver, bon sang ?

Le gladiateur essaya le même coup. Les bras grands ouverts, à balancer son arme, à l'appeler pour le défier. Trey enregistra dans sa tête qu'il était gaucher, laissant cette information dans un coin. Son adversaire feinta avec l'épée, écrasa le bouclier, et...

Trey calcula son saut à la perfection, griffant le bras nu de l'homme avant de s'écarter.

Le gladiateur rugit, plus de colère que de douleur, et Trey se dit que c'était le coup le plus facile qu'il réussirait ce soir.

Des yeux furieux brillaient derrière le masque.

Ils tournèrent en rond, ignorant les acclamations de la foule. Le gladiateur trancha l'air de son épaule et avança de nouveau, comme pour dire : « Cette fois, tu meurs ».

Trey attendit, accroupi. Le gladiateur n'avait pas un éventail éternel d'attaques selon lui, et tôt ou tard...

Le géant fonça sur lui, agitant son épée. Toujours le même coup, hein ? Trey se pencha à gauche. Il ne vit que trop tard son épaule se baisser. Le bouclier s'abattit, l'épée fut levée, et...

Trey chancela alors qu'une ligne de chaleur fulgurante entaillait son sourcil. Quelque chose de collant dégoulina sur son oreille tandis qu'il secouait la tête et se ressaisissait.

Du sang. Il se lécha les lèvres et grogna.

Une rangée ivoire se dévoila derrière le masque du gladiateur.

Trey parcourut le ring, essayant d'atteindre le dos exposé du géant, mais c'était inutile. Le gladiateur connaissait bien l'espace et était préparé à toutes les astuces possibles et imaginables. Et Trey n'en maîtrisait aucune quoi qu'il en soit, parce que tous les combats auxquels il avait participé avaient été des rencontres sauvages entre loups, crocs contre crocs ou fourberie contre fourberie. Cette fois, il affrontait de l'acier et du chêne.

Le gladiateur baissa son arme, la pointa vers Trey et avança de nouveau. Trey le laissa venir à lui, cherchant une opportunité. S'il pouvait attendre le géant exactement au bon moment...

Le gladiateur attaqua avec le bouclier une nouvelle dois, l'écrasant dans un grand coup. Trey crut qu'il était préparé, mais cette fois, son ennemi frappa à revers avec et il chuta, écopant d'un choc sévère dans les côtes. Le Thrace continua avec une vitesse incroyable, normalement impossible avec sa carrure, agitant sa lame. Trey échappa d'un cheveu au sifflement de son tranchant.

La foule hua et acclama. Trey rugit en réponse, bondissant sur le dos du gladiateur et plantant ses crocs dans une épaule. La mauvaise, s'avéra-t-il, parce que celle-là était protégée de couches de cuir. Il parvint tout juste à faire couler du sang, même avec ses canines enfoncées jusqu'aux gencives.

Le gladiateur inspira si fort que Trey put sentir son corps se relever. Il griffa son dos exposé, mais c'était inutile. Tournant, le gladiateur le souleva et l'envoya valser. Trey atterrit dans un bruit sourd contre une des arches en pierre servant d'entrée. Il resta étendu là, sonné, jusqu'à ce que les étoiles tournant autour de sa tête disparaissent et...

Merde ! Il sauta, à une moustache de se faire trancher. L'épée frappa la pierre dans un tintement furieux.

Soudain le gladiateur frappa Trey à revers avec son bouclier, par la droite. Le bord du métal dur le frappa dans les côtes, lui coupant la respiration alors qu'il roulait loin de lui. Il roula encore et encore, parce que c'était tout ce à quoi son esprit pouvait penser. Se tirer de là. Se tirer simplement de là.

*Trey !*

Il se demanda vaguement si entendre Kaya dans sa tête était une bonne ou une mauvaise nouvelle. Bonne, parce que cela voulait dire qu'elle n'était pas loin. Mauvaise, parce que cela pouvait être la dernière fois.

Il roula jusqu'à se retrouver le ventre contre la base d'une colonne construite dans le périmètre, puis se démena pour revenir sur ses pattes. Le gladiateur chargea, suivant chaque avantage qu'offrait une longue succession de coups. Trey évita tout juste le tranchant du bouclier qui s'écrasait et passa sous le bras de son adversaire.

Il courut de l'autre côté de l'arène et se tint là, souffrant, pantelant, et se demanda comment il allait bien pouvoir gagner ce combat. Le gladiateur se tourna et vint à lui, pressé d'éparpiller des entrailles de loup partout sur le ring.

Trey était pressé d'en finir également, mais pas ainsi. Il ne pouvait pas faire ça. Il secoua sa fourrure si fort que ses crocs s'entrechoquèrent, essayant de se vider la tête.

*Trey*, appela Kaya.

C'était un murmure triste et désespéré maintenant, comme si elle ne croyait pas qu'il pouvait gagner.

— Chope-le! hurla un spectateur en encourageant le gladiateur.

Seigneur, il avait mal aux côtes.

— Achève-le! hua une voix qui ressemblait étrangement à celle de Roric, au-dessus de lui.

Du sang d'une entaille qu'il ne pouvait discerner des autres dégoulina sur son sourcil, lui piquant l'œil.

— Ky-rill! Ky-rill!

L'arène hurlait, pourtant Trey n'entendait qu'un murmure distant. Sa patte arrière céda sous lui, et il grimaça.

*Trey! Non, Trey...*

Il cligna en regardant ses pattes avant. Il en avait quatre, parce qu'il voyait double maintenant.

*Trey!* hurla Kaya d'une tout autre façon. *Lève-toi! Lève-toi maintenant!*

Ne savait-elle pas à quel point il était épuisé? Ne savait-elle pas à quel point il avait mal?

*Tu peux le faire!*

Il ne l'avait jamais entendue parler avec autant de férocité. De certitude.

*Putain, relève-toi, loup!*

L'ordre le surprit et il s'exécuta, grognant. Putain, hors de question de la lâcher. Hors de question de perdre.

Trey baissa la tête alors que le gladiateur se précipitait vers lui. Il retint son souffle et commanda à ses côtes de la fermer et de le laisser se concentrer, pour une fois. Plissant les yeux, il chassa tout de son champ de vision sauf un tunnel. Il compta ensuite les centièmes de secondes, parce que son timing devait être bon.

Il devait être parfait, même. Parfait.

Le gladiateur arriva avec son bouclier comme toutes les autres fois et Trey l'esquiva, attendant son ouverture. Il y aurait une minuscule seconde entre le moment où il balançait le bouclier et celui où il brandirait son épée pour l'abattre.

*Là !* Trey bondit vers son torse, aplatissant ses oreilles pour glisser par le petit passage qui apparut. Comme une faille temporelle presque, parce que tout à coup, il eut l'impression que les secondes s'étiraient. Il pouvait sentir le sang palpiter dans ses veines et entendit le halètement de surprise du gladiateur poussé entre plusieurs longs battements de son cœur. Trey plongea près de lui, trop près pour que le bouclier et l'épée l'atteignent, et chaque mouvement se fit dans un ralenti extrême. Dévoilant ses crocs, il chercha la gorge du Thrace. Il tendit le cou encore et encore, s'étirant sur chaque millimètre le séparant de son adversaire.

Le goût du cuir envahit sa bouche, et il déchira le protège-cou du casque. Le pommeau de l'épée le cogna dans les côtes exactement au même moment. Des étincelles s'embrasèrent, emplissant sa vision, mais ça n'avait plus d'importance. La seule chose qui comptait, c'était la gorge exposée du gladiateur, luisant de sueur. Trey lui griffa le torse, ignorant le pommeau martelant son flanc ; son adversaire faisait preuve d'un dernier acte désespéré de résistance.

Eh bien, Trey aussi. Il ferma les yeux et enfonça ses mâchoires dans la chair souple. Du sang chaud envahit sa bouche et le monde se désaxa alors que le gladiateur chancelait en arrière, essayant de le repousser.

Les coups continuèrent dans ses côtes, comme un visiteur déterminé à la porte de son esprit. *Tu n'es pas encore mort ?* demandait les coups. *Tu n'es pas prêt à abandonner ?*

Il referma ses mâchoires comme un étau et jura de ne jamais lâcher, peu importait ce qu'il se passait. Peu importait que le gladiateur le tabasse à mort, tant que Kaya était libre.

La douleur menaça de prendre le dessus, donc il dressa un mur mental fait d'un millier de visions de Kaya. Ses cheveux auburn, étalés sur un oreiller. Ses joues rougies. Cette fois dans le désert où elle avait insisté sur le fait que la voiture lui appartenait. Ses doigts parcourant son dos...

S'il allait mourir, ce serait avec de telles images en tête, bordel.

Tout s'assombrit et devint creux et silencieux. Il ne savait plus où il était. Il savait simplement que le corps qui se trouvait sous le sien s'était totalement immobilisé. Le rugissement dans ses oreilles augmenta, comme un train de marchandises se rapprochant et hurlant sur ses rails. Fonçant droit sur lui peut-être ?

Il se laissa tomber sur le côté, juste au cas où. Roulant faiblement sur le flanc, il tenta de coordonner ses membres. Pour une raison inconnue, il avait l'impression que c'était capital de se remettre sur pieds.

*Allez, Trey. Tu peux le faire !*

Eh bien, si Kaya pensait que c'était important, autant qu'il essaie. Même s'il ne voyait pas clairement.

*Pour gagner, tu dois te remettre debout. Lève-toi ! Ça ne compte pas si tu n'es pas debout.*

Sa voix devint un jappement de douleur, réveillant un millier d'alarmes internes. Atteignant les pensées de Kaya, il sentit la piqûre vive des ongles d'Igor dans son bras, essayant de rompre leurs liens.

— Fermez-la ! siffla-t-il.

Trey l'avait entendu clairement.

Il poussa un lourd soupir et bondit sur ses pieds. Il se secoua, clignant pour chasser le picotement dans ses yeux. Il jeta un regard désespéré vers les projecteurs au-dessus de lui quand le présentateur annonça :

— Voici notre vainqueur ! Croc Noir l'emporte !

La foule explosa dans des acclamations assourdissantes. Trey se ramollit, s'écrasant dans le sable sur le côté. Mais ce n'était plus important, parce qu'il avait gagné. Le gladiateur était à proximité, la respiration sifflante, pas tout à fait mort, mais vaincu tout de même.

*Tu as réussi !* l'applaudit Kaya.

Il ferma les paupières et sourit, parce qu'il pouvait la sentir lui sourire. Il ouvrit même un œil, espérant apercevoir son visage.

Quelqu'un caqueta juste au-dessus de lui, et son sang se figea, parce que Kaya ne caquetait pas. Il se força à ouvrir l'autre œil et essaya de se concentrer sur son origine.

Il haleta, parce qu'elle n'avait pas non plus de nez crochu et d'énormes dents écartées.

Les gargouilles, si.

— Prépare-toi à mourir, grogna-t-elle en volant à trois mètres au-dessus de lui, avant de plonger en piqué.

# Chapitre 13

Kaya poussa un cri face à la scène qui se jouait devant ses yeux. Elle revoyait les dernières secondes dans son esprit, pour essayer de comprendre.

Trey était là, luttant pour rester debout, revendiquant sa victoire.

Elle laissa le temps défiler dans son sa tête, avant de l'arrêter une nouvelle fois. Il s'écroula au sol alors que l'annonceur le déclarait gagnant.

Et puis la gargouille, qui apparut depuis la colonne de marbre.

Elle resta bouche bée alors que la bête étendait ses griffes et s'approchait. Son oreille tressaillit, captant le ricanement de triomphe d'Igor.

Elle tourna la tête vers le vampire à ses côtés et le vit faire un signe à une deuxième gargouille sur son perchoir.

Son sang bouillonna dans ses veines et elle bondit sur ses pieds.

Karen sauta sur le vampire et le martela de ses deux poings.

— Tricheur ! Sale escroc ! T'es qu'une merde !

Kaya s'élança. Trey avait gagné à la force de ses crocs, à la loyale. Et maintenant ça ?

De la rage bouillit en elle comme une vague hors de contrôle, et elle poussa un cri.

— Non !

Une flamme de deux mètres jaillit de sa bouche et quelqu'un hurla.

— Au feu ! Au feu !

Elle secoua vigoureusement la tête, libérant un autre panache.

— Bordel de merde, marmonna sa sœur en voyant le museau de dragon étendre son visage.

Soudain, elle sourit !

— Vas-y Kaya ! Vas-y !

Cette dernière remarqua à peine les ailes déchirer son T-shirt, ni la peau tannée qui glissait sur elle comme une armure. Elle sentit tout juste sa queue s'allonger alors qu'elle grimpait sur la rambarde de la tribune VIP et sautait.

L'air rance de l'arène souffla sous ses ailes alors qu'elle descendait en piqué vers le ring, ciblant la gargouille qui plongeait vers Trey.

Jamais de sa vie elle n'était parvenue à lâcher plus que quelques étincelles, et pourtant elle crachait du feu à présent. Et bordel, c'était agréable. Cela lui donnait du courage. De la puissance. Elle cracha une autre longue flamme alors qu'elle repliait ses ailes et fonçait vers le sol, brûlant tout sur son passage. Dont la gargouille, qui la regarda avec un air horrifié avant de se tourner pour essayer de s'échapper.

*Zoum !* Une nouvelle expiration, et la gargouille devint une boule de feu volante qui filait dans l'air.

Kaya leva vivement la tête et abattit sa queue juste à temps pour éviter de descendre en piqué sur Trey, qui clignait les yeux de confusion, toujours sur le sable.

*Tiens bon*, le pressa-t-elle. *Tiens bon !*

Elle tourna à gauche dans le virage le plus serré de sa vie et rugit à l'attention de la deuxième gargouille, qui crapahuta loin d'elle en volant. Elle monta et monta, avant de tomber dans une spirale défensive.

Cette conne pensait pouvoir dévier au dernier moment plus vite qu'elle, hein ? Quand la bête freina sa descente en piqué à deux centimètres du sol, Kaya roula après elle, renvoyant des petits nuages de sable avec la pointe de ses ailes. Elle allait lui montrer à cette garce...

Elle rugit et des flammes se replièrent autour de la gargouille, la projetant vers le sol.

Kaya fouetta de la queue et se tourna pour regarder. Deux de moins. Combien en restait-il ?

Les autres bourdonnaient autour d'eux comme des frelons. C'était le chaos dans la foule, les gens se précipitant vers les sorties.

— Au feu ! Au feu !

— Oh mon Dieu, un feu électrique ! cria une humaine en désignant les projecteurs en haut.

*Électrique, mon cul.*

Kaya lança une longue flamme crépitante vers la tribune de contrôle des sorcières, au-dessus de l'arène. Les trois visages ridés se figèrent sous le choc, avant de plonger hors de vue.

*Sorcières de bas étage,* renifla-t-elle avant de retourner vers le ring.

Les humains fonçaient vers les sorties alors que les métamorphes du public, bouche bée, observaient Kaya filer dans l'arène. Tous, sauf un métamorphe hérisson, l'encourageaient.

Kaya manqua de s'acclamer elle-même également. Elle ne s'était jamais sentie aussi vivante. Et elle ne s'était jamais sentie si connectée aux dragons, dont les fantômes semblaient regarder par-dessus son épaule et l'applaudir. Elle pouvait le faire ! Elle pouvait cracher du feu !

C'était comme son grand-père lui avait dit, des années plus tôt. Elle pouvait presque entendre sa voix éraillée à son oreille.

*Le feu n'est pas alimenté par l'avidité ou le désir. Il est alimenté par l'amour, et si tu y crois vraiment...*

Elle contempla Trey, étendu par terre. Elle sentit son sang qui semblait s'épaissir juste en le regardant, et son âme commença à changer. Oui, elle pouvait y croire. Elle croyait en lui... et dans la certitude dure comme la pierre qu'il était l'élu. Son compagnon prédestiné.

Elle dériva sur cette prise de conscience pendant une demi-seconde avant de revenir en alerte maximale. Trois gargouilles foncèrent sur elle dans une formation en V, et elle vira à droite. D'abord, elle roula, puis s'inclina et monta toujours plus haut. Elle finit par faire une voltige et dégagea du passage. Elle sortit toutes les techniques de combat aérien que son grand-père lui avait apprises, en plus de quelques-unes qu'elle avait inventées en route. Soudain elle enfonça la pointe d'une de ses ailes sous la poche d'air chaud et tourna, empoignant deux des trois gargouilles qui n'étaient pas prêtes. Une flamme lécha ses lèvres alors qu'elle crachait. Les gargouilles crièrent, prenant feu. Un revirement d'aile rapide mit la troisième gargouille dans son champ de vision et...

*Zoum !* Un énorme panache orange s'étendit et la précipita vers le sol.

Elle poussa un hurlement victorieux, renvoyant du feu vers le plafond comme une fontaine de rouge, d'orange et de jaune. Elle regarda ensuite autour d'elle. Les gargouilles restantes retournèrent sur leur perchoir, redevenant pierre. Une musique disco tambourinait dans l'air dans une tentative tardive du DJ de ramener un peu de normalité à la scène. Rodric, l'alpha de Westend, leva la tête depuis l'endroit où il s'était mis à l'abri.

Karen dégagea le bras d'Igor de sa manche et sourit.

— *Hasta luego*, trou de balle.

Elle s'épousseta les mains et se dirigea vers les escaliers.

Kaya enroula ses ailes autour de son corps, fit un tour à trois cent soixante degrés pour s'assurer que le danger était passé, et atterrit auprès de Trey.

*Hé*, dit-elle dans son esprit, gardant un œil prudent vers les portes les plus proches. *Est-ce que ça va ?*

La réponse mit tellement à venir qu'elle aurait pu hurler. Soudain, un petit murmure atteignit ses oreilles, et Trey roula sur le ventre, haletant.

*Bien,* souffla une voix en souffrance dans sa tête. *Super. Génial.*

Il grommela et eut du mal à se relever.

Le gladiateur gronda aussi, couché non loin, dans une mare de sang. Elle arrivait à peine à croire qu'il était encore en vie. Devrait-elle l'achever ? Lui donner une seconde chance ?

Il montra les dents, et retomba au sol, jouant l'animal écrasé au bord de la route.

Kaya se tourna vers la sortie la plus proche et mugit dans sa meilleure voix de dragon ; un contralto guttural, comme celui d'une diva d'opéra qui fumerait bien trop de cigares.

— Ouvrez la porte !

Le silence fut la seule réponse, donc elle enchaîna avec une boule de feu qui fendit l'air pour passer les barreaux et se réunit derrière pour se répandre dans le tunnel.

Du coin de l'œil, elle vit Karen sauter depuis les sièges du premier rang tout en bas et atterrir dans le sable.

— Je m'occupe de ton loup. Occupe-toi des portes, lança-t-elle.

*Mon loup,* bourdonna sa dragonne en elle avant de rugir de nouveau.

— Ouvrez ou je mets le feu !

— On arrive, on arrive ! répondit un petit cri timide.

Une seconde plus tard, le portail grinça sur ses gonds, et deux paires de pieds repartirent en courant.

Kaya avança d'un pas prudent dans le tunnel sombre. D'abord, elle renvoya un nuage de fumée, comme un éclaireur, puis fit signe à sa sœur qui soulevait Trey.

— Tirons-nous de ce trou.

— Ouais, répondit Karen, du soulagement pur dans sa voix. Tirons-nous.

# Chapitre 14



*Huit heures plus tard...*

Trey s'appuya contre l'appui-tête déchiré du siège passager de la Jaguar, les yeux fermés, et laissa le soleil réchauffer son visage. Kaya conduisait, et il était étalé à l'avant, chevauchant presque la boîte de vitesse... aussi près que possible d'elle, ce qui était le principal. Il caressait sa nuque avec douceur, ce qui la faisait fredonner derrière le volant.

— Comment ça va ? demanda-t-elle en posant une main sur sa cuisse.

Un petit picotement le parcourut, renvoyant de l'excitation et de la joie sur les sentiers séparés de son corps, atteignant les zones les plus éloignées, jusqu'à se rejoindre quelque part dans sa poitrine, s'enrouler et briller un moment.

— Bien.

Il referma une main sur la sienne.

— Vraiment, vraiment bien.

Il ne s'était pas senti si bien depuis une éternité. Peu importait que sa jambe lui fasse toujours mal et que ses côtes palpitent. La seule chose qui comptait, c'était elle. Lui. *Eux.*

Les pneus ronronnaient sur la route, le vent fouettait ses cheveux, et il éclata de rire.

Elle tourna les yeux vers lui.

— Quoi ?

Il secoua la tête.

— Il y a quelques jours, c'était tellement cool de voir Vegas à l'horizon, répondit-il avant de regarder dans le rétroviseur intérieur. Maintenant, c'est bon de la voir disparaître au loin.

— Amen. Je ne suis pas prête à revenir ici, c'est certain.

Elle fronça les sourcils, et il sut qu'elle repensait à sa sœur.

— Tu es sûre que ça te va de la laisser là-bas ?

Kaya jeta un coup d'œil par-dessus son épaule et secoua la tête comme si la station-service trente kilomètres plus loin était encore en vue.

— C'est elle qui a insisté, donc...

C'était dingue. Karen avait passé les quinze premiers kilomètres de la route vers le nord à rester assise tranquillement dans son siège. Presque trop tranquillement, en fait. Quand ils s'étaient arrêtés pour prendre de l'essence un peu plus tard, elle avait bondi hors de la voiture, scruté l'horizon, et fini par annoncer qu'elle devait retourner à Las Vegas.

— Tu quoi ?! avait crié sa sœur.

Trey secoua la tête rien qu'en y pensant.

Karen avait regardé ses pieds.

— Écoute, je suis reconnaissante que tu m'aies tirée des griffes des vampires, mais...

— Mais quoi ?

— C'est difficile à expliquer...

Kaya avait mis les mains sur ses hanches.

— On vient de se casser le cul pour te sortir de là. Tu aurais pu mourir. *Trey* aurait pu mourir.

Elle avait fusillé sa sœur du regard et parlé d'une voix très grondante qui avait ressemblé à celle de sa dragonne.

— Tu ferais mieux de me donner des explications.

Karen avait jeté un coup d'œil hésitant à Trey, puis avait entraîné Kaya hors de portée d'oreille, agitant les bras, triturant ses doigts, tout en s'expliquant.

Trey ne savait pas ce qu'elle avait raconté, mais au final, Kaya n'avait pas insisté, donc il n'en avait rien fait non plus.

— Jure-moi simplement de ne pas t'approcher des machines à sous, avait-elle finalement demandé en étreignant sa sœur.

— Je le jure, avait promis Karen, sa voix étouffée par son épaule.

Trey regarda dans le rétroviseur et pressa la main de Kaya.

— Tu penses que ça ira ?

— Il y a intérêt, répondit-elle, plus dans un soupir qu'un grognement.

Il l'espérait bien. Il avait assez vu Las Vegas pour toute une vie.

Et ce fut ainsi qu'ils se retrouvèrent là tous les deux, à rouler vers le nord dans une Jaguar de 1962.

Un panneau indiquant Reno apparut.

— Tenté ? demanda Kaya en levant un sourcil.

Il ricana.

— Pas le moins du monde.

— Vraiment ? Vu comment tu as joué à Las Vegas, tu pourrais facilement récupérer quelques milliers de dollars.

— Et encore plus de problèmes.

Il secoua la tête avant de prendre ses doigts pour un baiser.

— J'ai déjà gagné tout ce dont j'avais besoin.

Elle sourit de toutes ses dents.

— Tu n'as gagné qu'une seule chose.

— La meilleure, répliqua-t-il en le pensant.

Un panneau indiquant une petite aire de repos passa en vitesse et il le montra du doigt.

— Arrête-toi là.

Elle chercha autour d'elle.

— Mais on a déjà fait le plein…

— Arrête-toi juste.

Elle mit le clignotant, prit la bretelle de sortie et roula vers la station.

— Derrière, murmura-t-il.

Elle passa dans l'ombre derrière le bâtiment, coupa le moteur et le regarda.

— Qu'est-ce qu'on fait… ?

Il l'interrompit avec un baiser et l'attira sur ses genoux. Ce n'était pas une opération facile dans l'espace restreint de la décapotable, mais une seconde plus tard, il l'avait nichée parfaitement contre lui. Trop parfaitement, parce que son loup commençait à avoir de nouvelles mauvaises idées.

*De bonnes idées*, gronda ce dernier. Comme la revendiquer. Nous unir. Faire d'elle notre compagne pour de bon.

— Bientôt, chuchota-t-il.

— Bientôt quoi ?

Elle embrassa son front et se pelotonna contre lui, le chevauchant.

Il ricana.

— Mon loup ne va bientôt plus pouvoir attendre.

— Ah oui ? le taquina-t-elle. Attendre pour quoi ?

Elle passa un doigt sur son ventre et joua avec le bouton de son jean.

Il embrassa son cou… lécha la zone qu'il avait déjà repérée comme l'endroit idéal… mordilla un peu, puis souffla contre sa peau.

— Te faire mienne.

Elle bascula la tête et regarda profondément dans ses yeux.

— Je suis déjà tienne.

Comme si son membre n'étirait pas déjà les coutures de son jean.

— Mienne jusqu'au bout, ajouta-t-il en la mordillant de nouveau. Pour toujours.

— Donc, voyons voir…

Elle passa les mains sur ses épaules et derrière son dos, massant délicatement les points sensibles.

— Tu me mords…

— Mmh…

Il hocha la tête, déposant de petits baisers partout sur sa gorge. Seigneur, que sa peau était douce.

— Juste assez pour faire couler un peu de sang et nous unir…

Il suivit les tendons de son cou avec son nez. Bordel, qu'elle sentait bon.

— Et qu'est-ce que j'y gagne, exactement ?

Elle le taquinait, néanmoins il déglutit quand même. Qu'y gagnait-elle ? Elle serait coincée avec lui pour toujours. Un métamorphe cabossé qui était doué pour jouer aux cartes et voler du bétail, avec le plan vague de posséder sa propre maison un jour. Merde, que lui apporterait donc cette union ?

— Mis à part mon loup préféré, je veux dire, continua-t-elle.

Son loup agita la queue.

— Et les parties de jambes en l'air fabuleuses.

Elle resserra les cuisses autour de ses hanches.

Si elle le présentait ainsi...

— Et mis à part le mec qui me donne l'impression que je suis la plus merveilleuse des récompenses...

Il remonta ses baisers sur sa mâchoire.

— Tu es la récompense la plus merveilleuse...

— Et mis à part le compagnon parfait pour moi et la vie que j'ai toujours voulue, à travailler dans un ranch du Wyoming, conclut-elle en calant son front contre le sien. Excepté toutes ces choses, qu'est-ce que j'y gagne exactement ?

— Eh bien...

Sa langue s'agita un peu, parce que son âme sautillait encore dans une danse joyeuse, et il n'arrivait plus vraiment à rassembler ses pensées.

— Nous devons encore trouver le moyen d'avoir ce ranch dans le Wyoming. Vu qu'on a perdu l'argent, tu sais.

Le panneau pour Reno apparut dans son esprit. Il n'aimait pas cette idée, mais...

— Oublie.

Quand elle prit sa joue en coupe, elle avait le visage rayonnant, comme si c'était vraiment la seule chose dont elle avait besoin.

— Le principal, c'est que nous nous soyons trouvés l'un et l'autre.

Il était sur le point de plonger sur ses lèvres pulpeuses quand elle afficha un grand sourire.

— Et puis, hé, on a la voiture.

Il éclata de rire.

— Tu l'aimes vraiment, cette caisse.

— Oui.

Elle recula, se tordant sur lui.

— Tu veux savoir pourquoi ?

Il la rapprocha, n'étant pas encore prêt à briser ce contact, toutefois elle se tortilla et chercha quelque chose dans la boîte à gants.

— Euh, parce que c'était celle de ton grand-père et qu'il te l'a léguée ?

Elle lui fit de nouveau face, tenant une enveloppe en papier kraft comme s'il s'agissait d'un ticket de loto.

— Tu veux savoir ce qu'il m'a laissé d'autre ?

Trey fit la moue, se demandant ce qu'il y avait dedans. Un abonnement aux matchs de l'équipe universitaire locale ? Un croquis mystérieux menant à une mine ancienne et épuisée ? Des lettres d'amour pour sa grand-mère ?

Elle sortit un paquet de feuilles et les déplia. Des papiers longs et épais avec une écriture ondulée en haut et un gros sceau tout en bas. Il plissa les yeux et lut le texte rédigé à la main sur le parchemin tout sec.

*Acte de propriété ?*

Elle hocha la tête.

— L'acte de propriété que possédait l'oncle de mon grand-père. Mille deux cents hectares juste derrière la chaîne de Wind River. Elle ne sert à rien depuis des générations.

Elle leva un sourcil comme pour le défier.

Il prit le papier de ses mains et le déchiffra.

— Il te l'a laissé ?

— Il me l'a laissé. Enfin, à Karen aussi.

Son cœur commença à tambouriner un peu plus fort.

— Et tu prévoyais de... ?

— De monter un ranch là-bas une fois que j'aurais trouvé le bon associé. Et puisque Karen n'est pas intéressée...

Trey prit ses deux mains dans les siennes et la dévisagea. La respiration coupée, il n'osait pas répondre.

— Il y a un petit chalet en bois près d'une rivière de montagne..., continua-t-elle.

Le lourd parchemin de l'acte de propriété et son ton rêveur faisaient s'emballer son imagination. Il en savait assez sur les ranchs pour commencer, et sa cousine pourrait l'aider à compléter ses connaissances. Kaya et lui pouvaient se terrer là-bas pour l'hiver qui arrivait et réfléchir à leurs priorités. Il avait quelques économies, ce qui serait un début. Au printemps, ils pourraient se mettre à travailler sérieusement et...

— Donc, qu'est-ce que tu en dis ? demanda-t-elle, semblant elle aussi retenir son souffle ;

Il essaya de ravaler la boule dans sa gorge en plaisantant.

— Tu penses qu'une dragonne et un loup pourraient s'entendre assez bien pour tenir sur le long terme ?

Elle sourit.

— Je crois qu'une dragonne et un loup sont exactement ce dont a besoin cet endroit.

Il sourit un peu plus longtemps, puis la plaqua contre son torse dans une étreinte si ferme qu'il en eut mal aux côtes. Mais peu importe. La seule chose qui comptait pour l'instant, c'était la garder près de lui.

— Tu es sûre ? murmura-t-il en lui donnant une dernière chance d'y penser.

Elle éclata de rire.

— Je n'ai jamais été aussi sûre de quoi que ce soit de ma vie, loup.

Ses lèvres se refermèrent sur les siennes dans un baiser qui sauta rapidement la frontière d'une promesse chaleureuse à un désir total.

— Maintenant..., ronronna-t-elle contre sa bouche. Reprenons là où nous en étions.

Tout se mélangeait dans sa tête. Une bonne chose s'empilait sur une autre, comme un tas de cadeaux de Noël trop haut pour passer sous un arbre.

Elle inclina la tête sur le côté dans une invitation ouverte.

— Je me souviens vaguement de quelque chose au sujet d'une morsure d'union...

Son loup gronda en lui alors que ses canines s'allongeaient lentement.

— Ici ? Maintenant ?

Elle fit sauter le bouton du haut de son jean et se trémoussa pour enlever son short.

— Peut-être que j'aime vivre dangereusement.

Il ricana. Il avait eu assez de dangers pour un moment, cependant dès qu'elle tortilla sa main pour entrer dans son boxer... Eh bien, pourquoi pas ?

Ils bougèrent en tandem pour descendre suffisamment son jean et libérer son membre, puis elle s'installa lentement sur lui, un centimètre brûlant à la fois.

Son crâne cogna dans un bruit sourd contre l'appui-tête alors qu'il se laissait aller à la chaleur qui filait dans ses veines.

— Trey..., dit-elle dans un soupir, commençant à se balancer.

Il empoigna ses hanches et bougea en retour, perdant rapidement prise sur les dernières pensées conscientes qui voletaient dans son esprit avant que le désir et l'instinct reprennent totalement le dessus.

Il quittait Las Vegas avec une dragonne, une Jaguar vintage, et un avenir radieux. Pourquoi n'était-il pas surpris ?

# *Aperçu: Le pari de l'ours*

**Une voleuse de diamant tombe amoureuse d'un ours chef de la sécurité à Vegas. Qu'est-ce qui pourrait bien mal tourner ?**

La dragonne métamorphe Karen Proulx a le truc pour attaquer de front plusieurs gros objectifs. Retourner à Vegas. Se venger d'un ennemi mortel. Revendiquer un diamant hors de prix. Tout cela semble plutôt simple, pas vrai ?

Et même s'il elle n'a pas étudié tous les détails... eh bien, elle dirait juste qu'elle faisait preuve de flexibilité. Quoi qu'il en soit, elle pourra toujours filer si, ou plutôt quand, tout ne se passe pas exactement comme prévu. Si seulement il n'y avait pas cet irrésistible métamorphe ours, qui la distrayait de la pire des façons ! Parce que de toutes les choses à partir desquelles une fille pouvait improviser pour réussir, l'amour était la plus épineuse.

Tanner Lloyd a une mission : sauver sa ville natale. La clef du succès sera de respecter le code consacré de son clan d'ours : regarder avant de sauter, réfléchir à tout, et ne jamais, jamais s'écarter du plan.

Mais voilà que se présente Karen, une bande de vampires suceurs de sang, et un casse qui part rapidement en vrille. Avant qu'il s'en rende compte, il se retrouve à tout risquer pour une belle inconnue et à parier sur l'amour, la force la plus imprévisible de toutes.

*Par Anna Lowe*

# Aloha Shifters : Les Joyaux du cœur

L'appel du dragon (Tome 1)

L'appel du loup (Tome 2)

L'appel de l'ours (Tome 3)

L'appel du tigre (Tome 4)

L'amour du dragon (Tome 5)

L'appel du renard (Tome 6)

# Aloha Shifters : Les Perles du désir

Dragon rebelle (Tome 1)

Ours rebelle (Tome 2)

Lion rebelle (Tome 3)

Loup rebelle (Tome 4)

Cœur rebelle (Tome 5)

Alpha rebelle (Tome 6)

# Les Veilleuses du feu : Milliardaires et Gardiens

Les Veilleuses du feu : Paris (Tome 1)

Les Veilleuses du feu : Londres (Tome 2)

Les Veilleuses du feu : Rome (Tome 3)

Les Veilleuses du feu : Portugal (Tome 4)

Les Veilleuses du feu : Irlande (Tome 5)

Les Veilleuses du feu : Écosse (Tome 6)

Les Veilleuses du feu : Venise (Tome 7)

Les Veilleuses du feu : Grèce (Tome 8)

Les Veilleuses du feu : Suisse (Tome 9)

# Les Loups de Twin Moon Ranch

Desert Hunt (Tome 1)

Desert Moon (Tome 2)

Desert Blood (Tome 3)

Desert Fate (Tome 4)

Desert Yule (Tome 5)

Desert Heart (Tome 6)

Desert Rose (Tome 7)

Desert Roots (Tome 8)

Sasquatch Surprise (Tome 9)

# Blue Moon Saloon

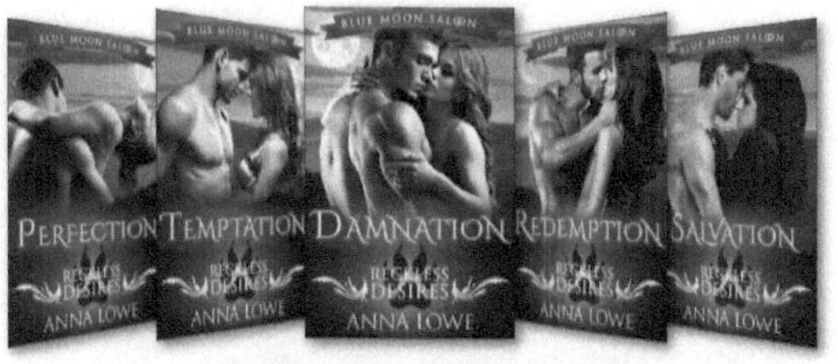

Perfection (Tome 0)

Damnation (Tome 1)

Temptation (Tome 2)

Redemption (Tome 3)

Salvation (Tome 4)

Deception (Tome 5)

Celebration (Tome 6)

# Vegas Shifters

Le pari du loup (Tome 1)

Le pari de l'ours (Tome 2)

Le pari de la panthère (Tome 3)

# Serendipity Adventure Romance

Off the Charts

Uncharted

Entangled

Windswept

Adrift

# Travel Romance

Veiled Fantasies

Island Fantasies


www.annalowe.fr

# À propos d'Anna Lowe

Anna Lowe, auteure de best-sellers aux classements USA Today et Amazon, adore rappeler que les héroïnes sont des héros au féminin et faire naître des histoires d'amour passionnées dans des décors enchanteurs. Elle aime les chiens, le sport et les voyages – où elle puise ses inspirations. Si elle n'est pas concentrée sur son ordinateur, à travailler sur sa toute dernière histoire, vous la trouverez en randonnée dans les montagnes ou à vélo sur les routes de campagne. Et sa journée se terminera toujours par un carré de chocolat noir et une bonne lecture.

Visitez **www.annalowe.fr**.